ullstein

Das Buch

Ein literarisches Wochenende auf einem wunderschönen Landsitz in Südengland – genau das Richtige, um ihren Liebeskummer zu vergessen, findet die junge Sarah. Was sie nicht ahnt: Der Gutsherr will seine Gäste dieses Mal mit erotischer Literatur auf ganz besondere Art verwöhnen. Bald geht die prickelnde Stimmung der Texte auf die Anwesenden über, immer ungehemmter geben sie sich ihren erotischen Spielereien hin. Auch Sarah lässt sich schließlich von ihren Gefühlen mitreißen und verbringt eine leidenschaftliche Nacht mit einem geheimnisvollen Fremden. Doch genauso plötzlich, wie er aufgetaucht ist, ist er auch wieder verschwunden, und Sarah stellt sich die bange Frage: Wird sie ihn jemals wiedersehen?

Die Autorin

Cora Rubin ist das Pseudonym einer renommierten deutschen Erotikautorin, die unter anderem Namen bereits erfolgreich erotische Literatur verlegt hat. Sie wurde in Straubing an der Donau geboren und verbrachte viele Jahre in München. Heute lebt und schreibt sie auf Teneriffa.

Von Cora Rubin ist in unserem Hause bereits erschienen:

Trommeln der Lust

Cora Rubin

Leckerbissen

Ein erotisches Wochenende

Ullstein

Besuchen Sie uns im Internet:
www.ullstein-taschenbuch.de

Originalausgabe im Ullstein Taschenbuch
1. Auflage Dezember 2012

Umschlaggestaltung: ZERO Werbeagentur, München
Titelabbildung: © Oleksiy Maksymenko/All Canada Photos/Corbis
Satz: Pinkuin Satz und Datentechnik, Berlin
Gesetzt aus der Apollo MT
Papier: Pamo Super von Arctic Paper Mochenwangen GmbH
Druck und Bindearbeiten: GGP Media GmbH, Pößneck
Printed in Germany
ISBN 978-3-548-28417-0

1

Im Zimmer war es vollkommen dunkel. Er konnte ihren Körper ahnen und nahm ihren erregend weiblichen Duft wahr. Er wollte sie berühren, ihre warme Haut an seiner spüren. Schieres Verlangen hatte ihn erfasst.

Er stand schnell auf und tappte leise nach nebenan ins Badezimmer. Sein Schwanz war gerade dabei, sich aufzurichten, und wippte beim Gehen zwischen seinen Schenkeln, was den Mann noch mehr erregte.

Im Badezimmer fand er rasch das Gleitmittel und rieb sich sein halberigiertes Glied von der Spitze bis zur Wurzel damit ein. Dabei stöhnte der Mann leise vor Lust, packte dann seinen Schwanz fester und bearbeitete ihn so lange, bis er hart war und aufrecht stand.

Er schlich zurück ins Bett, wo die Frau noch immer ruhig atmend schlief.

Der Mann seufzte leise auf, als ihm der süße weibliche Duft erneut in die Nase stieg. Seine Hände legten sich fest um seinen zuckenden Schaft. Und sofort wurde er von einer heißen Woge der Lust regelrecht überflutet, und sein Schwanz wurde noch härter.

Die junge Frau räkelte sich leicht. Ihr fester nackter Po schob sich nach hinten, als sei er auf der Suche nach dem warmen Körper des Mannes. Und vermutlich war er das auch … Sein Schwanz begann, in der Hand des Mannes zu pulsieren, als würde er vor lauter Geilheit gleich explodieren.

Der Mann unterdrückte ein Stöhnen und rieb seine Latte heftiger, bis es ihm fast kam, dann hörte er abrupt auf.

»Gleich werde ich dich richtig kräftig durchvögeln, Liebste!«, murmelte er. Er rollte sich auf die Seite und drängte seinen Körper an ihren Rücken und Po. Sein harter feuchter Schaft stupste übermütig mit der prallen Spitze gegen den einladend herausgestreckten Hintern der Frau, die daraufhin wie zufällig nach dem Körper des Mannes tastete.

Beherzt schob er das Becken nach vorn, und seine pralle Rute bahnte sich mühelos den Weg zwischen ihre Pobacken.

Der Schwanz des Mannes pochte immer heftiger und zuckte, während er sich Stück für Stück vorwärtsdrängte und die dabei entstehende Reibung genoss.

Der Körper der Frau blieb die ganze Zeit über völlig entspannt und reglos.

»Ich ficke dich, meine Schöne!«, raunte der Mann heiser dicht an ihrem Ohr, ehe er eine seidige Haarlocke zur Seite strich und der Geliebten seine Zunge tief ins Ohr steckte. Mit voller Hingabe leckte er die zarte Muschel.

Die Frau bewegte mit einem Mal ihr Becken heftig nach hinten. Der steife Schwanz des Mannes verschwand dadurch noch tiefer in ihrer dunklen Poritze. Die geschwollene Kuppe der Eichel drängte sich bereits fordernd gegen den äußeren Schließmuskel, der das enge lockende Poloch noch vor dem Eindringen schützte.

»Aufforderung zum Tanz?«, gurrte der Mann zärtlich und lachte heiser auf.

»Schieb ihn schon endlich rein! Worauf wartest du denn noch?«, forderte die Frau ihn auf.

Aber der Mann griff zunächst von vorn zwischen ihre Schenkel, die sich seiner suchenden Hand gerade weit genug öffneten, um sie vorzulassen.

»Du bist ja ganz nass!«, freute er sich. »Was für ein glitschiges und herrlich enges Fötzchen du hast! Und hier kommt dein Frühstück. So magst du es doch?«

Zwei seiner Finger schoben sich tiefer in ihre feuchte Spalte und tasteten nach der Perle, die gerade anzuschwellen begann. Die Finger rieben die kleine Knospe so lange, bis sie sich aufrichtete und hart wurde. Die Frau keuchte lustvoll auf und fing am ganzen Körper an zu zittern.

Als er die beiden Finger gleichzeitig tief in sie einführte und dort einen bestimmten Punkt massierte, gab es kein Halten mehr. Sie kam so unvermittelt und so heftig, dass sie sich dabei regelrecht ergoss.

Ihr warmer schlanker Körper zuckte, und über ihre Lippen kamen leise gutturale Laute unterdrückter Lust. Ihr Puls hämmerte so laut, dass der Mann es bis tief in seinen Körper hinein spürte. Die Muskeln in seinem Unterleib zogen sich jetzt zusammen, und die Schwanzspitze drang tiefer in das enge, runde Poloch der Frau.

Sein Schwanz war zum Bersten angeschwollen und drängte sich wie von selbst weiter voran, immer tiefer und tiefer hinein in den Körper der Frau. Sein Schaft wurde fest umschlossen, aber die Gleitcreme tat ihre Wirkung.

Die Frau stieß einen keuchenden Laut aus, als der Mann einen stärkeren Stoß aus den Hüften heraus machte. Und der Rhythmus der Stöße wurde allmählich schneller und härter. Er merkte, wie er die Kontrolle über sich verlor, weil eine grenzenlose und übermächtige Lust seinen ganzen Körper erfasst hatte.

In seinen Lenden zogen sich sämtliche Muskeln ruckartig zusammen. Seine Hoden waren steinhart, und der Schwanz tobte tief im Po der Frau.

Der Mann warf den Kopf in den Nacken und stieß noch einmal kräftig zu ... Und in dem Moment explodierte er.

Sein Sperma kam in einer einzigen heißen Kaskade aus der Schwanzspitze geschossen. Seine Hoden brannten wie Feuer, während sie hörbar gegen die nackten Pobacken der Geliebten klatschten. Und der Mann stieß immer noch weiter in sie ...

Er japste nach Luft, aber er konnte einfach nicht aufhören. Er wollte sie so rasend gerne aufspalten in zwei hilflos zuckende Hälften. Er wollte ihr zeigen, wie überwältigend die Lust war, die sie ihm soeben bereitete. Und er wollte ihr zeigen, wie vernarrt, wie verrückt er war nach ihrem wunderbaren schlanken Körper, ihrem festen Hintern, und wie sehr er auf sie abfuhr.

»Ich bumse dich so gerne, Baby!«, flüsterte er entrückt und blieb dann still liegen. Sein Schwanz steckte noch immer tief in ihrem Anus, und der Mann wünschte sich in diesem Augenblick bloß eins: in dieser innigen Stellung für ein Weilchen liegen bleiben und einschlafen zu dürfen.

Sarah erwachte abrupt, und im ersten Moment wusste sie nicht, wo sie war. Zwischen ihren Schenkeln pulsierte es immer noch ein wenig, außerdem war da diese verräterische und glitschige Feuchtigkeit, die auch noch die Innenseiten ihrer Schenkel benetzte.

Unwillkürlich musste Sarah lächeln. Sie streckte ihren Po frech nach hinten und unter der Bettdecke heraus, auf der Suche nach Boris' warmem Körper. Gleich würde sie seine harte Morgenlatte spüren, und dann könnten sie zusammen noch ein wenig Spaß haben, ehe der Ernst des neuen Arbeitstages für sie beide begann.

Doch im nächsten Moment wurde Sarah bewusst, dass sie das alles nur geträumt hatte. Im Traum hatte sie nochmals eine ihrer besten Nächte mit Boris erlebt. Aber jetzt, beim Erwachen, da lag niemand neben ihr. Sie war allein, wie schon seit Wochen.

Ihr fiel es immer noch sehr schwer, diese unumstößliche Tatsache zu akzeptieren. Das zeigte nicht zuletzt der wiederkehrende Traum einer innigen Liebesnacht, die es so nie mehr für Sarah geben würde, jedenfalls nicht mit diesem Mann. Sie musste sich damit abfinden, das wusste sie, aber es tat so weh, so verdammt weh!

Der Traum fühlte sich zwar erregend an, aber hinterher landete man unweigerlich in der bitteren Realität. Wo man allein war, eine betrogene, verlassene Frau.

Boris schlief längst in einem anderen Bett und steckte seinen Schwanz zwischen andere Pobacken und Schamlippen.

Ein stechender Schmerz fuhr Sarah bei dieser Vorstellung durch die Brust. Sie biss sich rasch auf die Unterlippe, um nicht laut vor Schmerz aufzuheulen. Es tat mehr weh als alles andere, was sie vorher in der Richtung erlebt hatte.

Sie wischte sich die Tränen mit dem Handrücken ab, dann warf sie einen Blick auf die Leuchtziffern ihres Weckers neben dem Bett.

Fünf Uhr morgens. Es hatte keinen Sinn zu versuchen, wieder einzuschlafen, das wusste sie aus Erfahrung. Also holte sie sich den Laptop ins Bett und checkte ihre E-Mails.

Von: Flynn
An: Sarah
Betreff: Leckerbissen – Erotische Lesung am Kamin!
Vorleser: FLYNN SMITH Autor, Journalist und bekennender Dandy
Einladung zum »Ersten literarischen Vorlese-Wochenende in dieser Herbstsaison in Duncan's House«

Guten Morgen, meine Süße,
ich hoffe, Dir geht es mittlerweile schon ein bisschen besser? Dieser Boris muss ein echter Dummkopf sein, sonst hätte er doch ein so süßes Mädchen wie Dich niemals verlassen!
Das ist kein lieb gemeintes Kompliment, sondern die volle Wahrheit. Aber weißt Du, Männer können manchmal richtige Mistkerle sein und absolut schwanzfixiert. Glaub mir, ich spreche aus Erfahrung, leider.

Aber Schwamm drüber und zurück ins pralle Liebesleben! Da kommt bald schon wieder was Besseres nach, da bin ich mir sicher.
Hier in London scheint übrigens seit Tagen schon eine milde Herbstsonne, jedenfalls, sobald die Morgennebel sich verzogen haben.
Vor allem unten im Süden, in den Sussex Downs und rund um Duncan's House, herrscht derzeit wunderbares Wetter. Das Stündchen Autofahrt Richtung Süden, weg von der guten alten Themse, lohnt sich, und man kann dem Nebel erfolgreich entfliehen.
Ich habe heute mit Arthur und Lynn telefoniert, beide waren ganz glücklich über dieses milde Wetter.
Und mit Arthur habe ich wegen der leidigen Handy- und Laptop-Diskussionen gesprochen, die wir letztes Mal geführt haben. Er meinte, Lynn würde eisern daran festhalten, dass elektronische Geräte dieser Art nur auf den Gästezimmern erlaubt sind. In Duncan's House *herrsche laut Werbebroschüre und der neuen Internet-Homepage durchgehend eine »entspannte Wohlfühlatmosphäre«.*
Laut Gästeliste kommen dieses Mal interessante Leute! Deshalb darfst Du auch in der Küche nach Herzenslust loslegen. Keine körnerfixierten Veganer sind an diesem sinnlichen Wochenende zu verköstigen. Den Göttern sei Dank!
Von Freitag bis Sonntag darf laut Hausherrin Lynn aufgetischt werden, was Dir an Köstlichkeiten so alles einfällt. Fleisch, Fisch, Geflügel, Kalorienbomben neben leichter mediterraner Kost, aber natürlich auch jede Menge Pasta. Und vor allem Deine tollen Dessert-

Eigenkreationen! Ich kann es kaum erwarten. Seit unseren gemeinsamen Arbeitstagen damals im Hotel in London weißt Du ja, dass ich zum absoluten Vielfraß mutieren kann, wenn es mir schmeckt. Und nirgends hat es mir je besser geschmeckt als bei Dir. Ein großes Kompliment an Dich, meine Süße!
Ich habe meinem neuen Loverboy – der schnuckelige Jazzsaxophonist aus dem Londoner Nachtclub – in höchsten Tönen von Deinen Küchenkünsten vorgeschwärmt, und nicht nur davon natürlich. Er kann es kaum erwarten, Dich endlich kennenzulernen.
Aber zurück zur Gästeliste. Erwartet werden Ben und Lizzy, ein junges Filmemacherpaar aus Kalifornien, das Erotik-Thriller produziert und auch die Drehbücher dazu schreibt.
Ich hoffe doch, dass ich sie überreden kann, uns wenigstens einige Kostproben vorzutragen. Drehbücher sind zwar nicht im eigentlichen Sinne Literatur, aber es könnte interessant sein, mal etwas aus einem anderen Genre der erotischen Kunst zu hören.
Laut Gästeliste rechnen wir außerdem mit Claire, einer waschechten Skandal-Autorin aus Schottland! Vor einigen Wochen soll sie bereits ihren Sechzigsten gefeiert haben, was man nicht glauben kann und will, wenn man aktuelle Fotos der attraktiven Lady sieht. Sie hat gerade ihre Memoiren beendet, in denen sie äußerst freizügig von ihren zahlreichen verflossenen Liebschaften erzählt, darunter bekannte Namen von Herren aus der Politik und dem Hochadel. Man sagt ihr übrigens nach, dass sie immer noch ein aufregendes

Liebesleben führt. Nun, nach diesem Wochenende wissen wir vielleicht auch mehr darüber und vor allem aus erster Hand. Ich bin jedenfalls sehr gespannt auf diese Lady Claire.

Aber das Sahnehäubchen auf der Gästeliste ist Tim Er kommt als Mister Inkognito zum Event und will unter keinen Umständen erkannt werden. Und deshalb wissen nicht einmal Lynn und Arthur, wie er mit vollem Namen heißt und welchen Beruf er im wirklichen Leben ausübt. Ich bin der Einzige, der über alles Bescheid weiß. Und ich kann Dir schon heute versichern – dieser Junge könnte Dein neuer Herzkönig werden!

So, ich muss jetzt gleich Schluss machen. Jason wartet nämlich im Pub auf mich. Wir wollten eine Kleinigkeit zusammen zu Abend essen, ehe er wieder losmuss. Er hat heute einen späten Auftritt im Club, und ich sehe ihn erst in den frühen Morgenstunden und im Bett wieder. Hoffe ich wenigstens. Loverboy ist nämlich manchmal so ein kleiner Herumtreiber und Herzensbrecher. Nicht genug damit, dass er ein wirklich begabter Jazzmusiker ist und höllisch attraktiv noch dazu – er fühlt sich auch zu beiden Geschlechtern hingezogen.

Na ja, und manchmal, da kommt Jason eben nach seinen Auftritten nicht sofort nach Hause, sondern treibt sich im Großstadtdschungel ein bisschen herum Und meine liebende Seele weint dann heimlich, still und leise. Ich leide und schweige, denn Du weißt ja, denen, die man liebt, darf man nicht die Freiheit nehmen, sonst ist es keine wahre Liebe …

Bitte bewahre dieses kleine Geheimnis in Deinem Herzen …
Ciao, meine Süße
Dein Flynn, der von seinem neuen Loverboy scherzhaft auch schon mal »mein literarischer Callboy« genannt wird. Ist das nicht süß?

2

Flynn wachte ziemlich früh an diesem nebligen Londoner Herbstmorgen auf. Er war zwar noch ganz benommen vom Schlaf, spürte aber sofort seine stattliche Erektion, die übermütig zuckte und dabei immer wieder gegen Jasons nacktes Hinterteil stupste.

Das Gefühl von samtweicher Haut vorn an der Spitze der Eichel erregte Flynn dermaßen, dass er sofort hellwach war. Lüstern drängte er sich an Jasons Rücken und rieb dabei seine steinharte Latte vorsichtig an dessen knackigem Po.

Die Nacht war zu Flynns Leidwesen ganz ohne Sex und Zärtlichkeiten vorübergegangen. Jason war erst gegen vier Uhr morgens von seinem Auftritt aus dem Club zurückgekehrt und war, kaum dass er im Bett war, auch schon in einen tiefen Schlaf gesunken. Und kurz darauf hatte er zuerst ein seltsames Pfeifen von sich gegeben und dann zu schnarchen angefangen. In diesem Moment war Flynn sicher, dass Jason tatsächlich erschöpft war und sich nicht vor dem Sex hatte drücken wollen, und er hatte den Geliebten in Ruhe gelassen.

Jason schnarchte selten, er schlief meistens völlig ruhig und friedlich wie ein Baby. Nur wenn er ausgepowert war, dann warf er sich im Schlaf herum und gab vor allem diese seltsam pfeifenden Geräusche von sich.

Das musste mit Jasons Lungen zu tun haben, sagte sich Flynn jedes Mal, wenn das passierte. Viele Stunden lang Saxophon zu spielen war bestimmt anstrengend.

Und weil Flynn wirklich sehr in Jason verliebt war, hatte er sich letzte Nacht rücksichtsvoll zurückgehalten, obwohl es ihm schwergefallen war. Er hatte so sehnsüchtig auf Jasons Rückkehr gewartet. Ständig war er wach geworden und hatte in die Dunkelheit gelauscht und manches Mal auch gedacht, draußen auf der Vortreppe zum Haus die leichten Schritte seines Geliebten zu hören. Sein Schwanz hatte sich dann stets voller Vorfreude aufgerichtet, während Flynn sich ausmalte, wie er den Geliebten gleich ins warme Bett ziehen und leidenschaftlich umarmen würde.

Aber als sich dann endlich der Schlüssel im Schloss drehte, konnte Flynn sich anschließend nur von hinten an Jasons schlafenden Körper schmiegen und den Arm um ihn legen. Und während seine Erektion nachließ, war er schließlich auch eingeschlummert.

Aber jetzt überfiel ihn erneut diese geradezu verzweifelte Gier nach Sex, die sich auch nicht so leicht wieder abschalten ließ. Zum Glück genoss Jason es, auf diese Art und Weise geweckt zu werden. Hinterher würde er ohnehin friedlich und befriedigt weiterschlummern, solange man ihn eben ließ.

Vorsorglich angelte Flynn sich mit einer Hand die Tube mit dem Gleitmittel vom Nachttisch neben dem Bett. Behutsam, um seinen Lover nur ja nicht vor der Zeit zu wecken, drehte er sich dann auf den Rücken und schob die Bettdecke zur Seite. Hart und steil schnellte sein Schwanz empor.

Flynn drückte einen Klecks des kühlen durchsichtigen Gleitgels in seine linke Handfläche und legte die Tube zurück auf den Nachttisch. Ein schneller Blick auf die Digitalanzeige des Radioweckers beruhigte ihn. Ihm blieb noch genügend Zeit für eine kleine Morgennummer.

Für ein ausgiebiges Vorspiel fehlte Flynn allerdings die Geduld, außerdem schlief Jason ja sowieso noch und erwachte gern mit einem Steifen in seinem Hintern. Und er fuhr auf Quickies ebenso sehr ab wie Flynn. Je weniger Zeit sie zur Verfügung hatten, desto heftiger war die Begierde bei ihnen beiden.

Sie hatten es längst gemeinsam erprobt und waren sich hinsichtlich der Reaktionen des jeweils anderen sicher. Sie wussten, sie durften wechselseitig übereinander herfallen, wenn einem von beiden gerade der Sinn danach stand. Der Gefährte würde so gut wie immer bereitwillig mitspielen und die schnelle Nummer genießen. Überhaupt war der Sex grandios zwischen ihnen, war es von Anfang an gewesen. Zumindest auf der körperlichen Ebene verstanden sie sich blind.

Allein schon deshalb war Flynn davon überzeugt, in Jason seinen – zumindest sexuellen – Seelenzwilling gefunden zu haben.

Der einzige Punkt, in dem sie sich nicht einig waren, bereitete Flynn allerdings ziemliches Kopfzerbrechen. Da er ohnehin zur Eifersucht neigte, konnte er schlecht mit diesem nagenden Gefühl umgehen. Schlimm genug, dass es andere schwule Männer gab, die den gutaussehenden Jazzmusiker ins Visier nahmen und schamlos anbaggerten. Aber Jason vögelte gern auch mal ein hübsches Mädchen zwischendurch und machte aus seiner ausgeprägten Bisexualität keinen Hehl.

Flynn hingegen lehnte den weiblichen Körper als Sexualobjekt schlichtweg ab. Er fühlte sich einfach nicht zu nackten Brüsten hingezogen, sie stießen ihn sogar ab, und er war der Meinung, dass er nicht wüsste, was er mit zwei Fettdrüsen anstellen sollte, nachdem er keine Muttermilch mehr brauchte. »Erklär es mir, Jason! Ich verstehe es einfach nicht, wie du dich davon sexuell erregen lassen kannst!«, hatte er Jason an dem Tag, als dieser Disput stattfand, gefragt. Der hatte nur wissend gelächelt und schließlich den Kopf geschüttelt. Dann hatte er Flynn die Zunge in den Mund geschoben und ihn sehr intensiv geküsst, womit die Diskussion schnell beendet war. Danach folgte ein heißer und sehr leidenschaftlicher Quickie hinter einem Busch im Hydepark, und die Sache war vorerst aus der Welt geschafft.

Seither hatte Flynn es außerdem vorgezogen, einfach so wenig wie möglich darüber nachzudenken, was wäre, wenn … Jason sich zwischendurch mal wieder für eine attraktive Frau näher interessieren sollte. Bis jetzt war dieser Fall zum Glück noch nicht eingetreten. Sie waren ja auch erst seit zwei Monaten zusammen … Dennoch sprang ihn die Eifersucht gelegentlich wie ein räudiger Hund aus dem Hinterhalt an. Gern auch am frühen Morgen, wie eben gerade, und natürlich noch dazu zur Unzeit!

Hat die Eifersucht vielleicht mit Sarah zu tun, die in wenigen Stunden in Heathrow landen würde? Sie ähnelt äußerlich der jungen Kate Moss, außerdem ist sie ein prima Kumpel und kann auch noch traumhaft kochen …, ging es Flynn durch den Kopf.

Flynn seufzte leise auf. Nein, nein, besser gar nicht darüber nachdenken, was wäre, wenn Jason sich sexuell zu Sarah hingezogen fühlte. Und Sarah hatte gerade Liebeskummer … was natürlich manchmal zu kopflosem Trost-Sex mit völlig unpassenden Partnern führen konnte. Andererseits war sie seine beste platonische Freundin. Nein, nein, es würde nichts passieren.

Ich brauche mir keine Sorgen zu machen. Und bloß weil Jason so spät und hundemüde nach Hause kommt, muss er auch nicht zwingend fremdgevögelt haben …, versuchte Flynn, sich zu beruhigen.

Flynn streckte eine Hand aus und legte sie mit sanftem, fragendem Druck auf Jasons Hüfte. Der brummelte etwas Unverständliches und schüttelte mit einer drehenden Bewegung seines Körpers Flynns Hand einfach ab.

Die morgendliche zärtliche Anfrage war damit erledigt. Jason wollte einfach in Ruhe weiterschlummern, sonst nichts.

Frustriert drehte sich Flynn auf die andere Seite und versuchte, wieder einzuschlafen, denn er war ja in der Nacht auch erst zur Ruhe gekommen, als Loverboy endlich wohlbehalten neben ihm im Bett gelegen hatte.

Eine ganze Weile später schreckte Flynn hoch. Noch ehe er einen Blick auf den Radiowecker geworfen hatte, war ihm bereits klar, dass er verdammt spät dran war.

Draußen hatte sich die milde herbstliche Sonne offenbar gegen den morgendlichen Londoner Nebel durchgesetzt. Ein breiter heller Lichtstreifen fiel durch den Vorhang und malte ein Muster auf den silbergrauen Teppichboden.

Sein Penis begann, sich aufzurichten, und einen Moment lang verspürte Flynn ein heftiges Verlangen. Aber es blieb keine Zeit mehr, um dem nachzugeben. Außerdem saß der Stachel von Jasons Verhalten der vergangenen Nachtstunden noch zu tief, die Wunde war zwar nicht groß, aber sie schmerzte.

Flynn gab Jason einen raschen Kuss auf die nackte Schulter. Doch der schlief einfach weiter und reagierte nicht.

Flynn lächelte wehmütig und wagte dann endlich einen Blick auf die Digitaluhr. Und im nächsten Moment sprang er auch schon fluchend aus dem Bett und hätte dabei fast die Bettdecke gleich mitgerissen.

Nun war auch Jason wach. Während er nach der Decke griff und sich wieder darunter zusammenrollte, murmelte er genervt: »Mein Gott, *Fly!*«

»Ich muss in fünf Minuten los nach Heathrow!«, kreischte Flynn, der es absolut hasste, unpünktlich zu sein. Aber fast noch mehr hasste er es, wenn er ohne ausgiebige Körperpflege und die tägliche Nassrasur in die Kleider vom vergangenen Tag springen und aus dem Haus rennen musste. Das konnte Flynn für einen ganzen langen Tag nicht nur die Laune, sondern sogar die Lust am Leben vermiesen.

»Gib dem hübschen Schätzchen einen Begrüßungskuss von mir und richte ihr aus, dass ich es kaum mehr erwarten kann, sie in die Arme schließen zu dürfen.«

Vorsichtshalber steckte Jason schon mal schnell den Kopf unter die Bettdecke …

Doch zunächst blieb alles ruhig. Nur aus dem angrenzenden Badezimmer, wo Flynn sich schnell frisch machte, waren glucksende Geräusche zu vernehmen.

Die Badezimmertür klappte, und Flynn kam zurück ins Schlafzimmer. Jason lugte vorsichtig unter der Bettdecke hervor und sah Flynn dabei zu, wie er schwarze Boxershorts anzog und dann in die Jeans stieg, die eigentlich Jason gehörten.

»He, das sind meine, *Fly*!«

»Reg dich nicht auf, Jason, bitte! Meine Jeans, deine Jeans, das ist mir im Moment so was von egal. Ich muss los und bin in ungefähr einer Stunde mit Sarah zurück. Wäre nett, wenn du bis dahin auch startklar wärst, okay?«

»Die Süße hat doch bestimmt ein Handy. Ruf sie an, und sag ihr, dass du dich verspätest. Sie kann in der Zwischenzeit auf dem Flughafen von Herzen gerne auf meine Kosten noch ein Gläschen Champagner schlürfen und in einer Modezeitschrift blättern.«

»Champagner auf deine Kosten? Drehst du jetzt völlig ab, Jason-Darling? Vor ein paar Tagen erst habe ich dir das Geld für deine Miete geliehen! Hast du eine Ahnung, was so ein Gläschen in Heathrow kostet?«

Jason lachte glucksend. »Ich leihe es mir sowieso von dir, mein Süßer, was denkst du denn? Immerhin ist Sarah ja auch deine Freundin, und nicht meine. Jedenfalls noch nicht!«

Flynn war bereits an der Tür, aber jetzt drehte er sich

noch einmal herum. »Was meinst du mit *jedenfalls noch nicht*?«

»Na ja, ich dachte nur, was nicht ist, kann ja noch werden. Oder nicht? Frauen mögen mich, das weißt du ja, *Fly*!«

Jason konnte gerade noch den Kopf einziehen, da flog auch schon ein Gegenstand durch die Luft und landete dicht neben ihm auf dem Bett.

Jason tauchte wieder auf und sah, dass es sich bei dem Gegenstand um ein Buch handelte.

»*Lady Chatterley's Lover*, so, so! Na, wenn das nicht deine Einstiegsleselektüre für morgen Abend ist!«

Jason lachte schallend und schwenkte das Buch in der Luft. »Ob der seit Jahrhunderten irgendwo unter dem alten Gemäuer verscharrte einstige Besitzer von *Duncan's House* wohl auch auf derlei schlüpfrige Lektüre steht und plötzlich wieder aufwacht, um an diesem erotischen Wochenende ein wenig im Haus herumzugeistern?«

»Falls er nicht gerade schwul ist, sollte man eventuell mit so was rechnen. Vielleicht zeigt er sich tatsächlich und fährt umgehend mit dir zur Hölle. Und jetzt muss ich endlich los. Sieh zu, dass du unter die Dusche kommst und die Wohnung gründlich gelüftet hast, bis ich mit Sarah zurück bin.«

»Ja-ha, mon cher Pa-pa-ha!«, trällerte Jason.

Flynn war bereits draußen im Flur, als er Jason noch rufen hörte: »Und ich werde mein berühmtes Rührei mit Schnittlauch extra für Sarah zubereiten, dazu ein köstliches Tässchen Tee! Das arme Mädchen wird nach dem frühen Flug bestimmt eine Stärkung brauchen.«

Und im nächsten Augenblick fiel die Haustür krachend und irgendwie vielsagend ins Schloss.

Jason grinste verschmitzt in sich hinein, dann schwang er die langen Beine aus dem Bett und rannte ins Bad, wo er unter die Dusche sprang.

Während das heiße Wasser auf ihn herunterprasselte, fragte sich Jason, warum er Flynn nur zu gerne bei jeder sich bietenden Gelegenheit eifersüchtig zu machen versuchte. War das am Ende sogar normal? Gehörte das dazu, wenn man sich ernsthaft in jemanden verliebt hatte?

Jason war sich da ganz und gar nicht sicher, denn er hatte noch keine einschlägigen Erfahrungen auf dem Gebiet des ernsthaften *Verliebtseins*. Die Liebe und all ihre verstörenden Begleitumstände waren ihm noch nie recht geheuer gewesen. Zu viele Komplikationen, zu viel Seelenschmerz, zu große und oftmals dramatische Szenen! Wer als Musiker im Nachtleben einer Großstadt wie London unterwegs und obendrein ein guter Beobachter war, der wusste das einfach, der brauchte das gar nicht am eigenen Leib auszuprobieren.

Bis vor kurzem hatte Jason sich aus Liebesdingen auch geschickt herausgehalten. Guter Sex war eine wunderbare Sache und gehörte für ihn zum Leben. Er hatte sich außerdem immer glücklich geschätzt, weil er auf beide Geschlechter gleichermaßen abfuhr, falls die körperliche Chemie stimmte. Zweigleisig zu fahren erhöhte ganz entschieden die sexuellen Möglichkeiten und Chancen. Obendrein war Sex herrlich einfach, Liebe dagegen verdammt schwer! Also hatte sich Jason vorsichtshalber und folgerichtig an den Sex gehalten, da wusste man wenigstens, was man hatte und was man bekam.

Eifersüchtigen Partnern beiderlei Geschlechts ging Jason lieber meilenweit und von Anfang an aus dem Weg. Vor allem denen, die gleich zu Beginn vorschnell das Wörtchen »Liebe« in den Mund nahmen. Denn die waren so gut wie immer auch eifersüchtig.

Eifersucht und wahre Liebe: Beides und noch dazu in Kombination war Jason viel zu anstrengend.

Aber wieso, verdammt noch mal, heizte er dann jetzt Flynn so gerne ein? Wieso genoss er es so, wenn Flynn sich auf die Lippe biss und ihm die Röte in die Wangen schoss – während er sich sichtlich beherrschte, um ihm, Jason, nur ja keinen Grund zu geben, die Beziehung zu beenden?

Und zum Teufel noch eins, wieso verhalte ich mich Fly gegenüber wie ein echtes Arschloch?!, fragte Jason sich in diesem Moment.

3

Die Sitzgurte der Passagiere waren geschlossen, und die Maschine rollte Richtung Startbahn.

Sarah und Mario saßen nebeneinander, er am Fenster, sie in der Mitte der hintersten Sitzreihe. Sie hatten erst in letzter Sekunde eingecheckt.

Die Maschine hatte die ihr zugewiesene Position erreicht. Und in wenigen Sekunden würden sie starten.

Mario starrte durchs Seitenfenster und seufzte hörbar wehmütig: »Adios, Berlin!«

Sarah packte gerade eine in dünnes Plastik gehüllte Decke der Fluggesellschaft aus. Ihr war kalt, sie war müde, und außerdem tat ihr das Herz weh. Und das alles wegen Boris, dem treulosen Mistkerl.

Sie breitete die etwas kratzige Decke fürsorglich auch gleich noch über Mario aus und kuschelte dann ihren Kopf an seine Schulter. Die Aussicht auf ein zusätzliches Stündchen Schlaf erschien Sarah in ihrer momentanen Verfassung wie ein kostbares Geschenk. Jetzt war sogar die schreckliche morgendliche Hetze zum Flughafen fast schon wieder vergessen.

Sarah hoffte auf ein traumloses erholsames Stündchen. In der vergangenen Nacht hatte die Erinnerung an den Mistkerl Boris sie so sehr gequält, dass sie irgendwann heulend und hellwach im Bett gehockt hatte.

Hört das denn nie auf?, hatte sie sich irgendwann gefragt und vor lauter Frust so lange das unschuldige Kopfkissen mit den Fäusten traktiert, bis ihr die Hände weh getan hatten.

»Ich vermisse Berlin jetzt schon, dabei freue ich mich doch wahnsinnig auf London und den neuen Job im *Moro*!«, sagte Mario gerade leise und legte einen Arm fürsorglich um Sarahs Schultern.

»Ach, Mario-Schatz, nimm's leicht, das legt sich bald, versprochen!«, murmelte Sarah bereits halb im Wegdämmern, während ihr Kopf von seiner Schulter langsam auf seine Brust sank.

Sie spürte das leise Schlagen seines Herzens. Dieser beruhigende und gleichzeitig lebendige Rhythmus brachte Sarah endgültig in Morpheus' tröstende Arme. Deshalb entging ihr, wie der beste Kollege und liebste Kumpel der Welt zuerst in ihre kurzen braunen Locken pustete und dann flüsterte: »Ich bin dir so unendlich dankbar dafür, dass du mir den Job als Tapas-Koch vermittelt hast. Und dann auch noch im *Moro, dem* spanischen In-Lokal von London. Ich liebe dich, Sarah, hörst du? *Te quiero, mi corazón!*«

Doch Sarah schlief bereits und bekam Marios Geständnis, wiederholt in seiner Muttersprache, nicht mehr mit. Als ihm das klar wurde, lächelte er ein trauriges kleines Lächeln. *Ist sicher besser so*, dachte Mario, *solange sie über die Sache mit Boris nicht endgültig hinweg ist, hat es doch sowieso keinen Sinn!*

Mit einem mächtigen Dröhnen der Motoren startete

das Flugzeug. Und sie waren auf dem Weg nach London.

Eine Weile später wurde Sarah wieder wach. Sie befanden sich längst in der Luft, und die Triebwerke liefen gleichmäßig. Sarah klappte die störende Armlehne neben sich nach oben, legte mit einem erleichterten Seufzer die Beine hoch und zog die Decke über sich. Ihr Kopf sank in Marios Schoß.

»Weck mich zur Landung, Mario, ja? Aber ganz sanft, bitte!«, bat sie ihn.

Er nickte zustimmend, sagte aber nichts. Sie murmelte noch irgendetwas Unverständliches und war dann sofort wieder eingeschlafen.

Mit ihren langen und schön geschwungenen Wimpern sah sie aus wie Schneewittchen, wunderschön und verletzlich zugleich.

Mario schaute ihr ein Weilchen gerührt beim Schlafen zu, dann konnte er auf einmal der Versuchung nicht mehr widerstehen. Er ließ eine Hand unter der Decke verschwinden und legte sie vorsichtig auf Sarahs linke Brust, die sich unter dem flauschigen Wollpulli wölbte. Ein kleiner Seufzer war die Antwort, aber er klang einladend, nicht etwa ablehnend oder gar empört.

Mario wagte es und massierte erst die eine Brust durch den Pulli hindurch, und dann auch noch die andere. Deutlich konnte er spüren, dass Sarah keinen BH trug. Ihre Brüste waren eher klein, aber wunderbar rund und vor allem schön fest. Wie zwei knackige Äpfel …

Die sind von dem bewussten Baum im Paradies ge-

klaut, dachte Mario unwillkürlich, und dieser Gedanke gefiel ihm sehr. Er lächelte versonnen. *Und ich bin jetzt der Versuchung hilflos ausgesetzt und werde ihr prompt erliegen und dafür irgendwann in der Hölle schmoren!*

In seiner Hose regte sich jetzt auch deutlich sein Schwanz, der mal wieder machte, was er wollte, ob es Mario nun passte oder nicht.

Und schuld daran sind nur Sarahs süße Äpfelchen!, sagte sich Mario.

Nach einem Weilchen erlag er der Versuchung. Er schob seine Hand wie ferngesteuert unter Sarahs Pulli und setzte das sanfte zärtliche Kneten direkt am nackten Objekt seiner Begierde fort.

Sarahs Knospen waren zu Marios großer Freude bereits hart und steif wie zwei Perlen, als seine Finger sie berührten.

Sie muss das spüren, sie ist wach und spielt mir nur vor, dass sie schläft, das gibt es doch nicht, durchfuhr es Mario.

»Sarah? Ich weiß, dass du nicht schläfst!«, raunte er ihr ins Ohr.

Da schlug sie die Augen auf und lächelte ihn tatsächlich an, ihr Blick wirkte entrückt, aber sie war da, bei ihm.

»Sag's mir, wenn ich aufhören soll!«, bat er sie leise. »Soll ich meine Hand wegnehmen, Sarah?«

Sie lächelte ihn noch einmal an, schloss dann die Augen und drehte zur gleichen Zeit den Kopf verneinend in seinem Schoß. Dabei streifte sie auch wie beiläufig die Ausbuchtung zwischen Marios Schenkeln.

Sein Schwanz wollte sich als Antwort darauf zu gern in der Hose aufbäumen, konnte das aber nicht und drückte dafür fast schon schmerzhaft von innen gegen den Reißverschluss.

Sarah schnurrte jetzt leise, weil Mario gerade eine ihrer beiden erigierten Brustknospen zwischen Zeigefinger und Daumen vorsichtig rieb. Er spürte beglückt, wie der Nippel reagierte und noch härter wurde. Der Hof rund um die Brustwarze zog sich zusammen.

In diesem Augenblick war Mario sich absolut sicher, dass Sarah tatsächlich gefiel, was er da gerade mit ihr anstellte. Er nahm diese Reaktion ihres Körpers als positives Zeichen und spielte dasselbe Spielchen nun auch noch mit dem anderen Nippel, der ebenfalls steinhart wurde.

Sarah stöhnte ein bisschen und räkelte sich dann wie eine faule Katze in eine bequemere Rückenlage hinein. Lediglich ihr Kopf lag noch seitlich gedreht in Marios Schoß. Ihre linke Wange schmiegte sich sachte an die wachsende Beule in seiner Hose. Mario war sich sicher: Sie machte das absichtlich, sie wusste genau, wie sehr sie ihn damit reizte.

Er wurde umso kühner, je mehr seine Erregung stieg. Sarahs entspannter Körper übte eine ungeheure Anziehungskraft auf ihn aus. Er hatte sie immer schon anziehend gefunden, aber sie war bisher nur burschikos und kumpelhaft mit ihm umgesprungen. Ihr Verhalten hatte ihn bis heute davon abgehalten, ihr seine wahren Gefühle zu gestehen oder gar mit ihr zu flirten.

Außerdem hatte es bis vor kurzem noch Boris in Sarahs Leben gegeben … Boris, den Restaurantbesitzer und Porschefahrer. Vor einigen Wochen war er in seinem Restaurant ausgerutscht und hatte sich den rechten Fußknöchel gebrochen – und da war es passiert. Als der Gips abgenommen wurde, musste der Verunglückte noch für einige Zeit zur Krankengymnastik.

Und die junge Physiotherapeutin wusste ihn in ihrer Praxis goldrichtig zu behandeln, und wie es schien in jeder Hinsicht. Immerhin war Boris gut versichert und Privatpatient, also bekam er auch eine private Sonderbehandlung verpasst.

Als Sarah das herausfand, heulte sie sich bei Mario aus. Tagelang. Nächtelang. Sie schlief sogar einmal auf seiner Couch im Wohnzimmer, weil sie daheim nicht allein sein wollte. Und Mario erwies sich als guter Freund und zeigte Respekt und Zurückhaltung. Bis heute. Bis gerade eben …

Seine Hand glitt langsam von ihren Brüsten abwärts, strich zärtlich über den flachen Bauch und spürte die seidige zarte Haut unter seinen Fingerspitzen.

»Sarah«, flüsterte Mario fast schon flehend. »Hörst du mich? Du musst mir sagen, wenn ich aufhören soll, bitte!«

Sie murmelte einige unverständliche Worte, lag weiter reglos mit geschlossenen Augen da. Er war sich nicht sicher, ob sie nun tatsächlich eingeschlafen war.

Er ließ seine Hand ein Weilchen flach auf ihrem Bauch liegen und achtete auf ihre ruhigen Atemzüge. Und noch immer war er sich nicht sicher, ob sie nun schlief oder nicht.

Plötzlich schlug sie kurz die Augen auf und sah ihn an. Sie sagte nichts, aber ihr Blick war eindeutig: *Trau dich, Mario, worauf wartest du? Ich beiße nicht …*

Er strich ihr erneut sanft und zärtlich über den Bauch, und Sarah schloss wohlig seufzend die Augen.

Behutsam öffnete er schließlich den Knopf oben an ihren weinroten Jeans. Dann zog er langsam den Reißverschluss nach unten.

Sarah rührte sich nicht und hielt ihn auch nicht zurück.

Seine Erektion drängte mittlerweile so heftig gegen den Stoff seiner Hose, dass der Druck beinahe unerträglich wurde. Mario brach der Schweiß aus, er musste jetzt aufhören, sonst … Aber er konnte nicht. Und Sarah hinderte ihn auch nicht daran.

Sie trug einen winzigen Tangaslip, der kaum ihre Scham bedeckte. Marios Hand presste sich einen Augenblick lang fest von außen auf den Schamhügel.

Sarah stöhnte leise, ihre Wange schmiegte sich enger an die Beule in Marios Hose, und er keuchte unterdrückt auf. Dann schob er zwei Finger unter das kleine Stoffdreieck zwischen ihren Schenkeln.

Sarah bewegte sich träge, dabei öffneten sich ihre Schenkel ein kleines Stückchen weiter, und ihre Augenlider begannen zu flattern.

Mario versuchte, sich wieder in den Griff zu bekommen, indem er sich sagte: *Hör auf damit, Junge! Was machst du denn da? Sie ist doch deine beste Freundin, mach dir das nicht kaputt!*

Aber dann spürte er die Feuchtigkeit vorn an seinen Fingerkuppen. Sarahs Muschi war feucht geworden. Und der letzte Funken seiner Selbstbeherrschung war erloschen. Zärtlich berührten seine Finger Sarahs große äußere Schamlippen, die sich widerstandslos öffneten wie Blütenblätter.

Jetzt konnte Mario es richtig spüren: Sarahs Spalte

war nass. Sarah musste also ziemlich erregt sein. Daran gab es keinen Zweifel mehr.

Langsam glitten seine Finger in sie, bewegten sich auf und ab und erfühlten dabei jede kleine Hautfalte.

Mario legte den Kopf an die Rückenlehne und schloss die Augen. Er konzentrierte sich nur noch auf das erregende Gefühl in seinen Fingerspitzen und blendete alles andere aus. Bis auf seinen tobenden Schwanz. Der machte sich immer drängender bemerkbar.

Sarahs Möse war inzwischen triefnass. Marios suchende Finger ertasteten in all der Nässe die fleischige Perle in der Mitte. Er liebkoste den Kitzler ein Weilchen, bis er merkte, wie die zarte Muschi unter seinen Fingerspitzen zu pulsieren und zu zucken begann.

Als ihm endlich klar wurde, dass Sarah kurz vor einem Höhepunkt stand, wagte Mario sich noch weiter vor.

Er drang mit einem Finger in sie ein und schob ihn, als kein Widerstand kam, tiefer hinein. Er spürte die ersten kräftigen Kontraktionen und hielt einen Augenblick inne. Er hörte einen leisen lustvollen Seufzer, dann räkelte sich Sarah auf seinem Schoß. Und ihre Schenkel öffneten sich dabei ein bisschen mehr.

Mario unterdrückte ein Stöhnen. Zu gern hätte er seinen steinharten Ständer herausgeholt und ihn wenigstens an Sarahs Wange gerieben. Aber das kam natürlich nicht in Frage, hier im Flugzeug. Leider.

Irgendwie kam auf einmal erneut Bewegung in Sarahs Körper. Sie vollführte jetzt kleine schlängelnde Bewegungen aus den Hüften heraus. Schließlich sagte sie auch noch leise seufzend: »Ja, oh, ja, ja!«

Mario verstand das als Aufforderung weiterzumachen. Er schob einen zweiten Finger in sie, und gleich darauf noch einen dritten. Er spürte, wie ihre Muskeln sich zuerst dehnten, aber dann sofort wieder seine Finger fest umschlossen.

Jetzt oder nie, sagte er sich und begann, Sarah zärtlich und vorsichtig mit seinen Fingern zu ficken.

Seine ganze Hand steckte mittlerweile unter dem Dreieck ihres völlig durchnässten Slips. Mit dem Daumen rieb er immer wieder kräftig über die geschwollene Perle, die sich ihm lüstern entgegenreckte.

Mario fickte Sarah langsam und ausdauernd, und er genoss es. Die Nerven in seinen Fingerkuppen funkten heiße Signale der Lust bis hoch in seinen Kopf. Von dort aus zuckten feurige Blitze der Erregung zurück in seinen Schwanz und in die Hoden.

Plötzlich zogen sich tief drinnen in Sarahs Muschi sämtliche Muskeln um Marios Finger herum ruckartig zusammen. Er spürte die heftigen Kontraktionen ihres Orgasmus am ganzen Körper. Und er war überaus zufrieden, ihr eine solche Lust bereiten zu dürfen.

Sarah wiederum atmete jetzt schwer und keuchte auch immer wieder zwischendurch. Ihre Augäpfel rollten wild unter den geschlossenen Lidern hin und her, ihr Brustkorb hob und senkte sich heftig.

Dann war es vorbei.

Mario zog seine Hand zurück und schloss den Reißverschluss und den Knopf an Sarahs Jeans. Sie lag jetzt wieder völlig ruhig da. Auf ihrem süßen blassen Gesicht erschien ein kleines und sichtlich zufriedenes Lächeln. Und er freute sich ungemein über dieses selige Lächeln von ihr, es machte ihn unsagbar glücklich.

Dann verschwand das Lächeln allmählich wieder, und Sarahs Atemzüge wurden tiefer und regelmäßiger. Dieses Mal war sie wirklich eingeschlafen.

Kurz vor der Landung in London wurde sie wach.

»Na, gut geschlafen?«, fragte Mario sie.

»Super! Wie seit Wochen nicht mehr!« Sie lächelte unschuldig zu ihm auf.

»Ich glaube, du hast gerade noch geträumt! Du hast irgendwas gesagt.«

»Kann schon sein. Aber ich erinnere mich nicht, Mario. Also frag mich besser nicht danach.«

»Ich frag ja gar nicht«, murmelte er verlegen. »Du solltest dich jetzt lieber wieder anschnallen.«

Sie rappelte sich hoch und nahm die Beine vom Sitz. »Aye, Aye, Sir!«

In Heathrow herrschte gegen Mittag Hochbetrieb, es dauerte eine Weile, ehe sie ihr Gepäck vom Band nehmen konnten.

Sarah und Mario strebten schließlich eilig dem vereinbarten Treffpunkt zu. Alejandro, der spanische Restaurant-Manager des *Moro* – Sarahs ehemaliger und nun Marios neuer Chef –, war bereits da und winkte ihnen zu.

Von Flynn hingegen fehlte jede Spur. Sarah verrenkte sich vergeblich den Hals nach ihm, während Mario den Wagen mit ihrem Gepäck durch die Menschenmassen manövrierte.

Alejandro küsste Sarah zur Begrüßung auf beide Wangen, Mario schüttelte er zunächst förmlich die Hand, schlug ihm dann aber freundschaftlich auf die Schulter. »Herzlich willkommen in London, *amigo!*«

In diesem Augenblick legten sich von hinten zwei warme Hände über Sarahs Augen.

»Flynn! Na, du bist doch sonst immer überpünktlich, was ist passiert?«

Er packte sie an den Schultern und wirbelte sie zu sich herum. Sie fiel ihm um den Hals.

»Dabei sind wir auch noch mit zwanzig Minuten Verspätung gelandet, mein Lieber! Hast du etwa verschlafen?«

»Ausgerechnet heute, meine Süße! Ich hatte eine schwierige Nacht. Frag mich lieber nicht, sonst schütte ich dir noch mein Herz aus und langweile dich damit grenzenlos.«

Sarah lächelte und nickte. »Ich weiß, wie das ist. Meine Nacht war auch nicht gerade erholsam, Flynn.«

Sie sahen sich in die Augen. »Meine arme Kleine, dieser Mistkerl hat dich gar nicht verdient.«

»Das ist ja meist so. Aber hilft einem diese späte Erkenntnis?«

Das war eine rein rhetorische Frage, also schüttelte Flynn lediglich den Kopf und drehte sich auf dem Absatz um.

Sarahs Abschied von Alejandro und Mario fiel kurz aus, denn Flynn schien es plötzlich ziemlich eilig zu haben.

»Ich parke ein wenig illegal!«, lautete seine Erklärung. Und schon schnappte er sich Sarahs Koffer und lief los. Ihr blieb nichts anderes übrig, als ihm rasch nachzulaufen.

»War das eben dein Neuer, Schätzchen?«, fragte Flynn neugierig, als er kurz darauf den Motor des Rover anließ.

»Wer? Mario? Wie kommst du denn darauf?«

»Na, so verliebt, wie der Junge geguckt hat! Boris ist doch wohl endgültig passé!«

Allein die Erwähnung des Namens reichte aus, und Sarah spürte schon wieder diese Stiche in der Herzgegend. Und Tränen traten ihr in die Augen.

Flynn warf ihr einen Seitenblick zu und bekam mit, was er angerichtet hatte.

»Ich Idiot! Tut mir leid, meine Süße. Und jetzt wein doch nicht! Das ist diese Knalltüte überhaupt nicht wert. Ach Gottchen, und ich dachte, du wärst inzwischen besser drauf …«

»Bin ich ja auch, kriege nur manchmal noch einen gemeinen Rückfall«, erwiderte Sarah schniefend und suchte nach einem Taschentuch.

Während sie sich die Nase putzte und die nassen Wangen trocknete, tippte Flynn an einer roten Ampel hastig eine SMS in sein Handy: *Tim! Ein Tipp für Mister Inkognito: Du leidest unter Liebeskummer, der sich aber an diesem Wochenende wie von Zauberhand auflösen wird. Over …*

Die Antwort ließ nicht lange auf sich warten: *Fly! Verstehen muss ich das hoffentlich nicht, oder? Over …*

Und Fly simste zurück: *Nein! Es ist nur … geteiltes Leid ist halbes Leid. Halt Dich an meinen Vorschlag, dann wird alles gut! Over …*

Dann kam Tims Antwort: *Na, wenn Du das sagst, dann bin ich ja beruhigt! Over …*

»Sag mal, dein Neuer, dieser Jason …?«

»Ja, frag nur, Sarah!« Flynns Stimme klang heiter.

Er war sich sicher, dass Sarah glaubte, die Simserei von eben hatte etwas mit Jason zu tun.

Der Mini-Stau vor ihnen löste sich gerade auf, und Flynn trat aufs Gaspedal.

»Bist du sehr verliebt in ihn? Schon dein Zuspätkommen vorhin am Flughafen verrät dich! Ich wette, Jason bringt dich auf Trab, und darüber vergisst du sogar die Zeit, was dir sonst nie passieren würde.«

Flynn schnalzte tadelnd mit der Zunge. »Ich bin nicht wirklich zu spät gekommen, weil euer Flieger ja nicht pünktlich gelandet ist! Das ist Punkt eins. Und Punkt zwei deiner eigentlichen Frage: Wie so oft schon ist es dir mal wieder gelungen, tief in meine Seele zu schauen!«

»Und wie ist er denn so, dein Jason?«

»Du wirst ihn ja gleich kennenlernen. Er bereitet gerade in meiner Küche einen Imbiss zu. Wir dachten, du bist hungrig und ein bisschen müde, wegen deines frühen Abflugs aus Berlin.«

Sarah zuckte wortlos mit den Schultern. Sie hatte in den letzten Wochen kaum etwas gegessen und wusste gar nicht mehr, wie sich Hunger anfühlte. Liebeskummer schlug ihr immer gleich auf den Magen.

»Du hast abgenommen, meine Süße!«, stellte Flynn fest. »Und blass bist du auch. Hör auf, dich wegen eines Boris-Treulos noch zu Tode zu hungern!«

»Sagt wer? Sieh dich doch mal an, du hast auch abgenommen, und dir steht das auch nicht.«

Flynn trat hart auf die Bremse, denn der Verkehr stockte erneut.

»In meinem Fall handelt es sich allerdings um eine

eher grundlose Eifersucht. Jason ist so unglaublich attraktiv und sexy. Und dann seine nächtelangen Auftritte in den Jazzclubs. Das macht mir echt zu schaffen!«

»Das ist sein Job, Flynn, damit wirst du dich doch abfinden können.«

»Ich weiß. Aber er steht eben auch auf Frauen, und das ist es, was mir wirklich zusetzt.«

»Ach, stimmt ja, Jason ist bisexuell. Das hast du mir in deiner Mail geschrieben.« Sarah zerknüllte das Papiertaschentuch in ihrer Hand.

Flynn nickte und starrte einen Moment aus dem Seitenfenster. Rasch legte Sarah ihm eine Hand auf das Knie und tätschelte es. »Ist doch nicht weiter schlimm. Das tun fast alle Männer, auf Frauen stehen, meine ich!«

Flynn zuckte sichtlich am Steuer zusammen und umklammerte das Lenkrad fester.

»Tut mir leid, war ein dummer Scherz, Flynn. Ich wollte dich eigentlich damit zum Lachen bringen.«

»Schon gut, Süße! Aber mal im Ernst, was würdest du denn tun, wenn dir Jason gefallen würde? Er sieht schnuckelig aus, ist charmant und …«

»Fly! Ich verspreche dir hiermit hoch und heilig, meine Finger von Jason zu lassen, in jedem Fall! Die Partner meiner Freunde sind und bleiben für mich tabu.«

»Sehr nett von dir. Aber ich vertraue dir ja sowieso, bloß für Jason würde ich die Hand nicht unbedingt ins Feuer legen.«

Dann trat Flynn plötzlich so heftig aufs Gaspedal, dass der alte Rover nach vorn schoss.

»Mein Gott, du leidest ja unter rasender Eifersucht.

Jetzt verstehe ich auch, warum du schätzungsweise fünf Kilo verloren hast.«

Flynn setzte wortlos den Blinker und bog in Richtung Kensington ab.

»Eifersucht ist eine Leidenschaft, die mit Eifer sucht, was Leiden schafft«, sagte Sarah. »Den Spruch kennst du ja bestimmt. Aber ich kann dich sehr gut verstehen!«

»Das weiß ich doch, meine Süße«, erwiderte Flynn. »Und da sind wir auch schon.«

Er parkte den Wagen am Straßenrand, direkt vor einem schmalen, eingeschossigen viktorianischen Bau aus rotem Backstein, in dem er seit gut zwei Jahren wohnte.

Sie traten durch ein schmiedeeisernes Tor in einen winzigen Vorgarten. Eine Vortreppe führte sie zu einer weißen Haustür mit einem goldenen Griff und Türklopfer.

»Er ist übrigens nicht bei mir eingezogen, Sarah, falls du das jetzt denken solltest. Wir übernachten mal hier, und dann wieder drüben bei ihm in Fulham«, klärte Flynn seine Freundin noch schnell auf, bevor sie ins Haus gingen.

Jason kam ihnen mit einem breiten Grinsen aus der Küche entgegen. Er trug lediglich ein Handtuch um die Hüften geschlungen, seine Füße steckten wegen des kalten Marmorbodens in unförmigen dicken Hauspuschen, die an jedem anderen Kerl lächerlich ausgesehen hätten.

Sarah stockte vor Überraschung der Atem. So attraktiv hatte sie sich Flynns neuen Lover tatsächlich nicht vorgestellt.

Flynn sah ja gut aus, aber Jason war schon eine Augenweide! Schlagartig konnte Sarah nun nicht nur verstehen, sondern auch nachfühlen, warum Flynn unter akuter Eifersucht litt.

»Die Rühreier sind bald fertig, kommt doch gleich in die Küche«, bat Jason und umarmte Sarah zur Begrüßung.

Er riecht auch noch so gut. Und charmant ist er obendrein …, dachte Sarah.

Jason ging voran in die Küche, ganz der stolze Koch und Gastgeber.

Was für ein Körper! Und dieser unglaubliche Knackarsch …, schoss es Sarah durch den Kopf.

»Dieses fast perfekte Sixpack ist eine Wucht!«, raunte Sarah Flynn zu und stieß ihn freundschaftlich in die Seite.

»Das hab ich gehört! Und du hast hübsche Titten. Hat sie doch, Fly, oder?«, konterte Jason.

»Kannst du mich jetzt verstehen?«, fragte Flynn leise.

Kurz darauf hockten sie einträchtig am Küchentisch und aßen köstlich-cremiges Rührei mit viel Schnittlauch darin. Dazu gab es frisches Brot mit Butter. Und Tee mit Milch, ganz auf die feine englische Art.

»Du musst mir unbedingt verraten, wie du das Rührei gemacht hast«, bat Sarah den Koch. Flynn schenkte ihr gerade zum zweiten Mal Tee nach. »Jason, hörst du mir zu?«

Flynn grinste leicht. »Sicher tut er das. Aber glaub mir, diesen Trick verrät er niemandem. Nicht mal dir. Stimmt's, Liebling?«

Jason lachte auf. »Flynn hat recht. Die Rühreier sind meine absolute Geheimwaffe. Wer einmal mit und bei Jason Henson frühstücken durfte, der wird dieses Frühstück nie mehr vergessen und ist rettungslos verloren.«

4

Eine Stunde später waren sie bereit, nach Sussex aufzubrechen.

Sarah schob sich freiwillig auf den Rücksitz und verkündete, noch ein bisschen schlafen zu wollen.

Nachdem die Gepäckstücke verstaut waren, setzte sich Flynn hinters Steuer, und Jason nahm auf dem Beifahrersitz Platz.

Während Sarah es sich so bequem wie möglich zu machen versuchte, hörte sie nur mit halbem Ohr dem Gespräch der beiden zu. Sie spürte wieder diese klebrige Feuchtigkeit zwischen ihren Schenkeln. Und sie erinnerte sich daran, was heute im Flugzeug zwischen ihr und Mario gelaufen war. Sie hätte Mario zurückhalten können, er hatte sie ja zwischendurch beinahe darum angefleht. Er hatte die Freundschaft zwischen ihnen beiden nicht beschädigen oder gar verlieren wollen, das wusste sie.

Mario war ein so feiner Kerl und ein prima Kumpel. Aber nun hatte es diese Geschichte im Flugzeug gegeben, und sie wusste selbst nicht, wie sie das hatte zulassen können.

Allerdings hatten ihr der Orgasmus und vor allem Marios Zärtlichkeiten so unendlich gutgetan! Danach hatte Sarah für ein Weilchen richtig fest und sogar erholsam in Marios Armen geschlummert. Sie hatte sich getröstet gefühlt und irgendwie auch geborgen. Daran konnte doch eigentlich nichts Falsches sein. Solange Mario wusste und akzeptierte, dass sich aus dem Spielchen heraus nicht mehr zwischen ihnen beiden entwickeln würde, war alles in Ordnung. Sie hatten ein bisschen Spaß zusammen gehabt, sie waren weiterhin Freunde, und das war das Wichtigste!

Ehe sie einschlief, lauschte Sarah noch ein Weilchen dem ständigen Geplänkel des verliebten Pärchens auf den Vordersitzen. Die Art und Weise der Kommunikation zwischen den beiden Männern erinnerte Sarah verteufelt an ihre Anfangszeiten mit Boris.

Die Erinnerung schmerzte, aber Sarah hatte auch begriffen, dass einer anscheinend immer ein wenig mehr liebte als der andere. Und damit war Letzterer in der stärkeren Position.

Hier im Wagen war momentan Jason der emotional Stärkere: Er provozierte zuerst und beschwichtigte dann wieder und triezte Flynn von neuem, immer hübsch abwechselnd.

Fly, sonst stets durchaus selbstbewusst und überlegen, schien zumindest derzeit diesem charismatischen Musiker hilflos ausgeliefert zu sein. Er war im Netz gefangen wie eine Fliege, der die Spinne sich langsam immer gefährlicher nähert, um sie schließlich auszusaugen.

Sarahs Herz zog sich zusammen, weil ihr *Fly* – die Fliege war ja auch sein Spitzname – plötzlich über die Maßen leidtat, sie fühlte richtig mit ihm mit.

Die beiden Männer unterhielten sich gerade über

eine Buchung, die gegen Mittag und in letzter Minute hereingekommen war. Flynn hatte deswegen kurz vor ihrer Abfahrt noch drüben in *Duncan's House* angerufen, um ein weiteres Doppelzimmer anzumelden.

»Ein Lehrerpärchen, hier aus London. Englische Literatur, sagtest du? Auch das noch! Die beiden werden uns das Wochenende über mit langweiligen Spitzfindigkeiten zu jeder vorgelesenen Geschichte zutexten.« Jason seufzte übertrieben, wohl um Flynn wieder einmal zu reizen.

»Desmond und Sue klangen am Telefon wirklich sehr nett«, verteidigte Flynn das Ehepaar. »Und ich bin dankbar, wenn Leute wie diese beiden bereit sind, für meine Wenigkeit und meine Vorlesekünste gutes Geld auf den Tisch zu legen. Es handelt sich immerhin um Kunden, Jason!«

»Ja, das weiß ich doch! Du gibst am Wochenende den literarischen Callboy, und ich blase die Hausmusik dazu. Wenn wir eines Tages durch den Job berühmt genug geworden sind, dann lassen wir uns im Waldorf Astoria in New York anheuern und halten regelrecht Hof. Und unsere Fans dürfen uns dann zu Füßen liegen. Wie findest du diese geniale Idee für unsere gemeinsame Zukunft, Liebling?«

Flynn räusperte sich vielsagend und trat mal wieder allzu heftig aufs Gaspedal, so dass der Motor empört aufheulte.

»Die Idee, als literarischer Vorleser durch Luxushotels im In- und Ausland zu touren, stammt von mir, Jason«, protestierte Flynn. »Und ich betreibe das Geschäftsmodell bereits durchaus erfolgreich.«

Jason legte rasch eine Hand in Flynns Nacken und lachte. »Du bist zum Anbeißen, wenn du so wütend wirst, Fly!«

Und der arme Flynn schmolz bereits wieder dahin, er lachte kreischend auf und fragte alberne Sachen wie: »Ach, du ziehst mich doch jetzt bloß auf, oder?«, und: »Findest du das wirklich, ja?« – dabei schaltete er in den falschen Gang und suchte im Autoradio kurz darauf ausgerechnet einen Sender aus, der schrecklich romantische Pianomusik brachte.

Von der Musik eingelullt, schlief Sarah nun endgültig ein.

*

Etwa zur selben Zeit lag Lynn hinten im Garten von *Duncan's House* in einer Hängematte, die zwischen zwei großen alten Eschen befestigt war.

Sie erhoffte sich etwas Ruhe und Erholung in der milden Herbstsonne, ehe Flynn samt Anhang aus London eintreffen würde. Denn dann begann ein sehr arbeitsreiches Wochenende für Lynn und ihren Mann Arthur. Trotz Köchin und Hauspersonal mussten die Gäste rund um die Uhr betreut und unterhalten werden. Das erforderte einiges an Organisation, *Duncan's House* war schließlich kein Hotel, sondern ein schönes altes englisches Landhaus. Und seine Gäste sollten sich schließlich wohlfühlen. Denn nur dann würden sie wiederkommen und auch für genügend positive Mundpropaganda sorgen, damit die wechselnden Events in *Duncan's House* auch weiterhin gut gebucht blieben.

Bis vor zwei Stunden war drinnen im Haus noch der Teufel los gewesen. Türen standen offen und Putzeimer im Weg, während Lynn und ihre Haushaltshilfe Betty sämtliche Räumlichkeiten auf Hochglanz brachten. Jetzt aber war alles gerichtet, und *Duncan's House* hätte auch in einem Fotomagazin über englische Landhäuser einen guten Eindruck hinterlassen. Die beiden Frauen allerdings waren ziemlich geschafft.

Aber zum Glück gab es dieses herrliche letzte Stündchen Ruhe vor dem ersten großen Ansturm …

Lynn wurde es allmählich warm in ihrer Hängematte. Jetzt, am frühen Nachmittag, meinte es die Sonne ausnehmend gut und brannte fast so heiß vom Himmel wie im Hochsommer. Lange würde das Intermezzo allerdings nicht dauern, denn spätestens um vier Uhr nachmittags fiel die Temperatur, und dann war es plötzlich herbstlich kühl.

Nur ein wenig nackt in der Sonne baden, das wäre jetzt herrlich … So eine gebräunte Haut könnte Arthur gefallen und ihn aus einem verfrühten Winterschlaf ins saftige pralle Leben zurückholen …, ging es Lynn durch den Sinn.

Und im nächsten Moment hatte sich Lynn bereits Rock und Bluse abgestreift, und dann segelten auch noch ein weißer BH und Slip aus der Hängematte auf den kurzgestutzten Rasen.

Tony, der Gärtner, würde heute sicher nicht mehr kommen. Betty war vorhin nach dem großen Putz-Marathon nach Hause geradelt. Lynn befand sich momentan also allein auf dem Anwesen und konnte tun und lassen, was ihr gefiel. Ein herrlich verlockender Gedanke …

Arthur war bereits seit dem Vormittag unterwegs, um die Einkaufsliste abzuarbeiten, die Sarah vor einigen Tagen durchgefaxt hatte.

Niemand kann mich hier hinten von der Straße aus sehen. Nur ein Viertelstündchen richtig entspannen und genießen …, sagte sich Lynn.

Sie räkelte sich splitternackt in der Hängematte und schloss die Augen. Durch die wohltuende Wärme der Sonne richteten sich ihre Brustspitzen auf.

Und auch in ihrem Unterleib spürte Lynn die angenehm prickelnde Wärme. Unwillkürlich spreizte sie die Schenkel, dabei öffneten sich ihre großen und feucht glänzenden Schamlippen. Die Perle sprang keck hervor.

Lynn konnte spüren, wie sie zwischen den Schenkeln immer erregter und feuchter wurde. In ihrer Muschi begann es zu prickeln und zu pochen.

Verdammt, ich hätte jetzt so richtig Lust auf eine kleine, schnelle, harte Nummer!, schoss es ihr in den Kopf.

Lynn seufzte sehnsüchtig auf.

Und natürlich ist Arthur mal wieder nicht da! Ich sollte mir wirklich einen heimlichen Liebhaber zulegen. Oder wenigstens Tony mal ranlassen, auch wenn der ganz schwielige Hände und schmutzige Fingernägel hat vom vielen Gärtnern, überlegte sie.

Lynn kicherte vor Vergnügen bei diesem Gedanken. Ihr war gerade eine Szene wieder eingefallen, die sich vor einigen Monaten hier hinter dem Hause abgespielt hatte.

Es war ein heißer Sommertag gewesen, und Lynn hatte geglaubt, allein zu sein, und nackt in der Hängematte gelegen. Als sie sich plötzlich beobachtet fühlte und die Augen öffnete, da wandte Tony sich verschämt ab und stammelte irgendeine unverständliche Entschuldigung. Lynn hatte dennoch mitbekommen, dass er eine mächtige Latte unter der grünen Gärtnerschürze hatte. Ein vielversprechender Anblick! Der gute Tony war also richtig gut bestückt.

Sie hatte völlig vergessen gehabt, dass der Gärtner an jenem späten Nachmittag noch einmal zurückkommen wollte, um den Rasen zu sprengen.

Später stellte sich Lynn oft – wenn Arthur mit ihr schlafen wollte – Tonys aufgerichteten Speer vor, wie er frech unter der Gärtnerschürze hervorlugte.

Lynn wurde bei diesem erregenden Phantasiebild in ihrem Kopf immer sofort ganz weich und offen, und vor allem sehr feucht. Was Arthur wiederum sehr gefiel und ihn als Liebhaber beflügelte, fühlte er sich doch von seiner Frau zweifelsfrei begehrt.

»Deine Muschi macht mich ganz verrückt, Baby!«, keuchte Arthur dann, ehe er zwischen ihre Schenkel abtauchte und Lynn mit dem Mund verwöhnte, bis sie vor Lust fast verging.

»Arthur, fick mich jetzt, ich kann nicht mehr warten!«, forderte Lynn ihn dann regelmäßig nach einem Weilchen auf. Der Schwanz des Gärtners in ihrer Phantasie stand riesengroß und steil aufgerichtet vor ihrem inneren Auge. Sie wollte seine Härte spüren, wie er sie zuerst dehnte und dann in sie stieß, bis ihr die Sinne schwanden.

Und Arthur begann, Lynn auf der Stelle und im richtigen Tempo zu stoßen, so, wie sie es mochte. Sie waren ein gut eingespieltes Team, im Bett wie im Leben. Lynn hatte keinen Grund, sich über ihren Mann zu beschweren. Sie wünschte sich bloß insgeheim nach den vielen Ehejahren ein bisschen Abwechslung in ihrem Liebesleben. Wozu eben auch hin und wieder sexuelle Phantasien gehörten, die sich um andere Männer drehten.

Seit Lynn dieses Bild von Tonys riesigem Schwanz im Kopf abgespeichert hatte, konnte sie es auf Kommando und jederzeit abrufen. Bereits der Anblick des entblößten und vollerigierten Gliedes genügte, und Lynns Möse begann zu pulsieren. Manchmal kam in ihrer Phantasie dann noch zusätzlich Tonys rechte Faust ins Spiel, die sich um seinen Ständer legte und ihn bearbeitete. Genau im selben Rhythmus und in der Heftigkeit von Arthurs Stößen.

Lynn spreizte dazu die Schenkel so weit wie nur möglich. In ihrer nun weit geöffneten Muschi erreichte Arthurs Schwanzspitze auf diese Weise ihren G-Punkt. Außerdem wurde die Klitoris von seinem harten Schaft gleichmäßig bei jedem Stoß massiert. Diese zusätzliche Stimulation trieb Lynn regelmäßig auf den Gipfel der Lust, und sie vergaß dabei alles andere um sich herum.

Spätestens, wenn der geile Tony in ihrem Kopf dann auch noch urplötzlich aus seiner Faust heraus kräftig auf den Rasen abspritzte, zogen sich in ihrer Möse und im Becken sämtliche Muskeln ruckartig zusammen. Ihr plötzlich einsetzender Orgasmus verwöhnte Arthurs Schwanz mit einer lustspendenden Massage und brachte ihn somit ebenfalls rasch zum Abspritzen.

Arthur keuchte vor Vergnügen, Lynn schrie ihre Lust

sogar laut heraus. Danach war Lynn zufrieden, und Arthur fühlte sich herrlich entspannt und gleichzeitig richtig glücklich, weil seine Frau glücklich war.

Jener kleine und peinliche Zwischenfall mit Tony im Garten entpuppte sich im Nachhinein betrachtet als wahrer Glücksfall für Lynns Eheleben. Da machte es auch nichts, dass Gärtner-Tony seither wusste, wie sie nackt aussah! Mit heimlichen Gedanken an seine stattliche Männlichkeit versüßte sie sich immerhin regelmäßig das eheliche Sexleben. Zum Spaß nahm sie sich auch manchmal vor, eines schönen Tages Tony doch noch zu verführen. Sie würde sich nackt in der Hängematte schlafend stellen und warten, bis Tony nichtsahnend zum Rasenmähen oder Unkrautjäten auftauchte. Tief und fest würde sie schlafen, mit einem Lächeln auf dem Gesicht, nur die nackten Brüste würden sich heben und senken, und ihre Nippel würden aufgerichtet sein. Mal sehen, ob der arme Tony seine Geilheit würde auf Dauer beherrschen können. Vielleicht würde er ja – in der festen Annahme, Lynn schliefe tatsächlich fest – seinen Schwanz unter der grünen Schürze hervorholen und sich dann bei ihrem Anblick kräftig einen runterholen.

Lynn könnte dann unter halbgeschlossenen Lidern alles sehen, ihre Muschi würde feucht werden, und sie würde einen spontanen Orgasmus erleben, während Tony sich auf den Rasen ergoss.

Von diesem Moment an würden Lynns Phantasiebilder noch ausschweifender – und Arthur in direkter Folge davon ebenfalls in sexueller Hinsicht profitieren.

So einfach konnte man sein gewohntes Liebesleben

aufpeppen, sogar noch nach vielen gemeinsamen Jahren und Nächten. Und Lynn war richtig ein bisschen stolz auf ihre Kreativität.

Sie räkelte sich behaglich wie eine faule Katze in der Sonne und blinzelte träge.

Dann bemerkte sie plötzlich einen kräftigen frischen Lufthauch. Der kühlende Wind strich langsam fächelnd über ihren nackten Körper. Außerdem glaubte sie, dass etwas sie gerade berührt hatte, zwar nur federleicht, aber dennoch deutlich spürbar. Und eine Gänsehaut überlief ihren Körper und ließ ihre Knospen hart werden. Zwischen ihren Schenkeln begann es, verlangend zu pulsieren.

Lynn merkte auch, wie ihr Kitzler nun zuckte und anschwoll. Eine wilde pochende Lust auf Sex erfasste Lynn. Unwillkürlich schob sie sich eine Hand zwischen die Oberschenkel. Sie spürte die Feuchtigkeit, die aus ihrer Möse lief und die weichen Innenseiten der Schenkel benetzte.

Lynn betastete und streichelte zuerst nur leicht die Schamlippen, bevor sie weiter in die feuchte Enge vordrang. Dabei liebkosten ihre Finger immer wieder die anschwellende Klitoris. Und eine erste heftige Lustwelle baute sich auf und ließ Lynns Schenkel beben.

Aber Lynn wollte noch nicht kommen, sondern dies ein wenig länger auskosten. Sie widerstand dem drängenden Impuls, einfach schnell zwei Finger in die Vagina zu stecken und sich einen raschen erlösenden Höhepunkt zu verschaffen. Stattdessen rief sich Lynn ein weiteres Lieblingsbild aus ihrer hübsch schmutzigen Phantasiewelt herbei: Und schon war er zur Stelle, der unglaublich attraktive Landedelmann aus einer längst vergangenen Zeit!

Er hieß Duncan und war der einstige Besitzer von Lynns und Arthurs Anwesen. Nur sie, Lynn, konnte diesen Duncan wieder ins Leben zurücklocken und anschließend in ihrer Phantasie wild und heiß mit ihm vögeln, sooft es ihr beliebte.

Duncans Schwanz war der schönste, dickste und härteste aller Schwänze. Er war standhaft und ausdauernd und stets zu Diensten, darin übertraf er sogar noch Gärtner Tonys Prachtstück.

Duncans Eichel war auch besonders prall und feucht und hatte eine appetitliche mokkabraune Färbung.

Gleich würde sie diese prächtige Eichel in den Mund nehmen und kräftig daran lecken, ihre Zungenspitze dabei in die furchige Vertiefung stecken und perlende Lusttropfen daraus hervorlocken ...

In Lynns Muschi und Becken pochte es jetzt immer heftiger und drängender, und Lynn nahm lieber für einen Moment ihre Hand von ihrer Möse. Ansonsten würde sie gleich kommen.

Sie rief sich das andere bereits bekannte Bild vor ihr geistiges Auge: Dieses Mal wagte sich Tony samt seinem vollerigierten Schwanz schon näher heran an ihre Hängematte.

»Komm doch her, Süßer, trau dich!«, flüsterte Lynn sehnsüchtig und kicherte dabei frech.

Er kam noch ein wenig näher und legte schon im Gehen die Faust um seinen leicht wippenden Schwanz.

Lynn konnte nun deutlich die wulstförmige Verdickung oben, knapp unterhalb der Eichel, erkennen.

Und diesen schmalen dunklen Schlitz, aus dem ein dicker glänzender Lusttropfen quoll.

In ihrer Möse begann es, bei diesem Anblick noch heftiger zu pochen. Lynn leckte sich mit der Zungenspitze über die trockenen Lippen. Sie stellte sich vor, wie sie jetzt gleich Tonys Schwanz in den Mund nehmen und seinen salzigen Geschmack auf ihrer Zunge kosten würde.

Und in diesem Moment strich erneut ein kühlender Lufthauch über Lynns Körper und ließ sie erschauern vor Lust. Sie glühte am ganzen Körper, deshalb war der Luftzug richtig angenehm. Obendrein erregte er sie zusätzlich und ließ Lynns Haut prickeln, bis hinunter zu den Zehen.

Der Wind frischte weiter auf, wehte über Lynns längst harte Nippel.

Auch zwischen den Schenkeln konnte sie den Luftzug spüren. Einer kalten Zungenspitze gleich strich er über Lynns Perle, leckte sich dann tiefer und drang schließlich sogar ein Stückchen weit in die klatschnasse, klaffende Spalte vor.

Dieses vermeintliche Eindringen dauerte nur kurz, schon war es vorbei, so, als wäre nichts gewesen. Die Sonne brannte weiter vom Himmel herunter und heizte ihren Körper auf.

»Ich werde verrückt, das gibt es doch gar nicht!«, keuchte sie, während sie sich nun doch zwei Finger tief in die klatschnasse Vagina steckte. Dabei spreizte sie die Schenkel weit, als wollte sie in der Hängematte einen Spagat einüben.

Mit den Fingerspitzen ertastete sie ihren magischen

Lustpunkt. Als sie die Stelle gefunden hatte, begann sie, sich dort sanft zu reiben. Unbändige Lust überflutete sie, und ihre Beine begannen, heftig und unkontrolliert zu zucken.

Die Massage ihres G-Punktes brachte Lynn schnell bis an den Rand eines Höhepunktes. Aber kurz davor zog sie die Finger wieder aus ihrem feuchten schmatzenden Loch.

»Los, mach es noch mal! Beweis mir, dass ich mir das eben nicht nur eingebildet habe!«

Lynn rief diese Worte laut, ohne zu überlegen, warum sie das tat und was es sollte. Ihr war es auch egal, sie war so feucht und heiß vor Verlangen nach einem berauschenden Ganzkörper-Orgasmus.

Und wie auf Kommando begannen die Blätter der Bäume erneut zu rauschen. Lynn spürte den kräftigen Luftzug ganz deutlich überall auf ihrem Körper. Sie lockerte sämtliche Muskeln und ließ den kühlenden Wind über ihren Körper streichen.

Eine eiskalte Zunge leckte über ihre harten Knospen, fuhr über den Bauch hinunter bis zum Schamhügel, und dann … Lynn bäumte sich auf und stieß einen lauten, heiseren Lustschrei aus. Und ein heftiger Orgasmus ließ ihren Körper erbeben.

Die Muskelkontraktionen tief in ihr wollten kein Ende nehmen. Immer noch folgten kleinere Nachbeben, so dass Lynn abermals aufschrie und laut keuchte.

Mittlerweile war die heftige Windböe wieder abgeflaut, und Lynn glaubte vor innerlicher Hitze zu verglühen.

Ihr Körper glänzte feucht in den letzten sanften Strahlen der Herbstsonne.

Als sich ihr Körper wieder beruhigt hatte, sprang Lynn fast beschämt aus der Hängematte, sammelte ihre herumliegenden Kleider vom Rasen auf und rannte hinüber ins Haus und direkt unter die Dusche.

5

Arthur war seit dem frühen Vormittag unterwegs, um die dringend benötigten Zutaten für Sarahs Wochenend-Menüs zu besorgen. Er war extra auf den großen Bauernmarkt nach *Lewes* hinübergefahren. Hier gab es die frischeste Ware weit und breit. Jetzt gegen Mittag wurden die Marktstände geschlossen und abgebaut, und wer zu spät gekommen war, den bestrafte hinterher ein knurrender Magen. Oder – wie in Arthurs Fall – später zu Hause gleich noch zwei enttäuschte Frauen, nämlich Köchin und Gattin.

Arthur war erleichtert, er hatte rechtzeitig genug sämtliche Punkte auf Sarahs Einkaufsliste mit einem Häkchen versehen. Im Kofferraum seines Wagens stapelten sich frische Möhren und Zucchini, Tomaten, Äpfel, Birnen, Kartoffeln, Kohlköpfe und vor allem frische Eier vom Bauernhof.

Arthur beschloss, sich in einem nahen Pub eine wohlverdiente Pause zu gönnen. Er verschlang einen Hamburger und trank ein Pint Guinness-Bier dazu. Hinterher bestellte er noch einen Milchkaffee, für den Fall, dass er unterwegs in eine Alkoholkontrolle geraten sollte.

Während Arthur den Kaffee in langsamen Schlucken

genoss, dachte er an das bevorstehende Lese-Wochenende. Erotische Literatur, das hatte es bis jetzt in *Duncan's House* noch nicht gegeben. Immerhin versprach dies ein prickelndes und höchst reizvolles Wochenende zu werden. Dagegen waren die häufig stattfindenden Yoga-Seminare vergleichsweise kalter Kaffee.

Arthur grinste amüsiert vor sich hin, während er sich gerade vorstellte, wie Flynn mit seiner samtigen Stimme kleine Schweinereien am Kamin vorlas und besonders die anwesenden Damen damit beglückte. Vermutlich würden später in der Nacht dann sämtliche Bettfedern in den Gästezimmern verräterisch quietschen. *Duncan's House* würde sich für drei Tage und Nächte in ein Haus der Lüste verwandeln …

Arthur verspürte plötzlich selbst ein prickelndes Verlangen. Er stellte sich vor, wie auch Lynn an diesem Wochenende so richtig in Fahrt geriet. Am Anfang ihrer Ehe hatten sie sich im Bett die heißesten Stellen aus erotischen Romanen laut und so lange vorgelesen, bis sie beide erregt und heiß genug waren und kein weiteres Vorspiel mehr brauchten, um sofort übereinander herzufallen.

Arthur hatte das sehr gefallen, und des Öfteren hatte er sich seither gefragt, warum sie mit dieser anregenden Gewohnheit aufgehört hatten.

Sicherlich lag es daran, dass auch die schärfsten Sexspielchen irgendwann langweilig waren, wie alles im Leben, das zur Routine wurde.

Man müsste sich wieder mal etwas Neues einfallen lassen! Richtig geile, kleine Schweinereien! Nur so zum Spaß und um das eheliche Intimleben anzuheizen.

Arthur trank seinen Kaffee aus, und dabei kam ihm plötzlich eine Idee …

In Brighton drüben gab es jede Menge Sexshops! Wenn er sich beeilte, fiel der kleine Abstecher zu Hause gar nicht auf. Und falls doch, Lynn würde sich eh genieren, ihn vor anderen Leuten zu fragen, wo er sich herumgetrieben hat. Und außerdem müssten Flynn, Jason und Sarah bereits eingetroffen sein. Dann wäre Lynn sowieso anderweitig beschäftigt. *Es sollte mir also gelingen, meine Ehefrau mal wieder so richtig zu überraschen!,* sagte er sich.

Arthur warf einen Blick auf die große runde Uhr, die über dem langen Bartresen an der Wand hing. Er überschlug rasch im Kopf die ihm noch verbleibende Zeit und stellte fest, dass es klappen würde …

Anschließend musste er noch rasch in die Metzgerei und zum Bäcker. Dann noch in einen Supermarkt, um Frischhaltefolie, Küchenkrepp und einige Großpackungen Toilettenpapier zu besorgen.

Metzger und Bäcker sollte er auf alle Fälle noch hier in *Lewes* aufsuchen, Lynn würde sich sonst beim Anblick der Tüten sofort fragen, was er denn in Brighton zu suchen gehabt hatte. Der Supermarkt hingegen … Nun, dieselbe Kette gab es sowohl hier als auch drüben. Dieser Einkauf konnte also bis Brighton warten.

Arthur gab dem Barmann ein Zeichen und erhielt kurz darauf die Rechnung, die er mit seinem letzten Bargeld beglich. Er musste also auch noch schnell eine Bank finden. Im Sexshop wollte er keinesfalls mit der Karte bezahlen.

Die Aussicht auf einen Abstecher nach Brighton

beflügelte Arthur ungemein. Er verließ beschwingt den Pub, suchte und fand einen Bankautomaten und erledigte schließlich in null Komma nichts noch die restlichen Einkäufe. Kurz darauf war alles sorgfältig im Kofferraum verstaut, und Arthur fuhr Richtung Brighton.

Das Paar Handschellen glänzte außen goldfarben und war innen mit rotem Samt ausgeschlagen. Arthurs Augen wurden groß und blitzten begehrlich bei dem Anblick. Sein Adamsapfel hüpfte aufgeregt auf und ab, weil Arthur nun auch noch hart schlucken musste. Er stellte sich vor, wie er Lynns Arme auf dem Rücken kreuzte und ihr dann diese Fesseln um die Handgelenke legte. Fast konnte er auch schon das leise Klicken beim Einrasten der beiden Schlösser hören. Bei dem Gedanken daran wurde ihm heiß, und seine Haut begann, zu kribbeln und zu jucken.

Ob Lynn das mit sich machen lässt?, fragte er sich. Ach was, er sollte es einfach versuchen. Es musste doch möglich sein, seiner Frau seine geheimsten sexuellen Phantasien anzuvertrauen. *Sei kein Schlappschwanz, und trau dich!*, redete er sich gut zu.

Die Handschellen wanderten in den Einkaufskorb des Sexshops.

Als Nächstes fiel Arthur eine hübsche Augenmaske in Dunkelblau mit goldfarbenen Ornamenten auf. Die Larve würde Lynn gefallen, und sie könnte das Ding sicherlich auch gut auf der bevorstehenden Halloween-Party tragen, die wie jedes Jahr Ende Oktober in *Duncan's House* steigen sollte.

Und Arthur legte entschlossen die Maske zu den Handschellen in den Korb. Er freute sich über den unverhofften Fund, immerhin konnte Lynn so nicht behaupten, er hätte nur an sich und seine Bedürfnisse gedacht. Vielleicht ließ sie sich über den Umweg mit der schmucken Augenlarve ja auch die Handschellen eher gefallen. Immerhin spielte Lynn auch gern mal diverse Spielchen, und dies hier würde eben ein besonders ausgefallenes werden.

Als er sich gerade ausmalte, wie ausgesprochen *neckisch* die Augenlarve an der nackten und mit Handschellen gefesselten Lynn aussehen würde, begann sich sein Schwanz zu regen.

Und als er sich Lynn noch in schwarzen halterlosen Netzstrümpfen und mit knallroten High Heels vorstellte, begann es in seinen Lenden zu kribbeln, und die Hose schien ihm zu eng zu werden.

Arthur pirschte sich an die junge Verkäuferin im schwarzen knallengen Lacklederkleid heran, die Kaugummi kauend in der Nähe der Kasse ein Buch las. Das Mädchen war höchstens fünfundzwanzig und sah mit ihren platinfarbenen Löckchen und dem knallroten großen Mund ein wenig aus wie einst die junge Madonna.

Die Kleine schaute von ihrer Lektüre auf und lächelte Arthur offen und freundlich an.

»Brauchen Sie Hilfe, Sir?«

Sie hat mich tatsächlich »Sir« genannt! Eine Verkäuferin im Sexshop. Irgendwie war das niedlich. Überhaupt war das Mädchen irgendwie niedlich, freute sich Arthur insgeheim.

Arthur nickte und setzte dann vertrauensvoll auf sein gekonntes Augenzwinkern und sein überaus lausbubenhaftes breites Lächeln.

Er wusste natürlich, dass er eine halbsteife Erektion in der Hose hatte. Aber die hübsche Kleine hier starrte ihm ja zum Glück bisher nur in die Augen, als wolle sie ihn hypnotisieren. Das sollte ihm recht sein, solange sie nicht die Blicke nach unten wandern ließ.

»Im Grunde wollte ich mich zunächst nur mal gründlich umsehen!«, erwiderte Arthur mit tiefer warmer Stimme.

»Wir haben auch einen Katalog mit unserem gesamten Sortiment. Nur für den Fall, dass Sie die Namen der Dinge nicht kennen, Sir, das ist nämlich normal!«

»Da werfe ich gerne mal einen Blick rein!«

Das Mädchen reichte Arthur den Katalog, den er dankbar entgegennahm. Wieder schaute die Kleine ihm dabei ungeniert in die Augen. Sie lächelte dieses Mal nicht, dafür vertiefte sich ihr Blick.

Sie hat verdammt freche und verdammt sexy Augen, diese Kleine! Und wie sie mich damit ansieht! Sie scheint auf mich zu stehen!, dachte Arthur.

Einen verwirrenden Moment lang verlor er sich regelrecht in diesen großen rehbraunen und feucht schimmernden Augen des Mädchens. Als er schließlich doch schuldbewusst den Blick senkte, war der Ständer in seiner Hose zu einer prächtigen und steinharten Beule herangewachsen.

Plötzlich verlegen, drehte Arthur der Verkäuferin hastig den Rücken zu und blätterte durch den Katalog.

Seine ohnehin schon begierigen Augen wurden stetig

größer, und sein Appetit auf eine schnelle, heiße Nummer wuchs.

Was es da nicht alles gab an unterschiedlichsten Sexspielzeugen. Künstliche Muschis aus Latex geformt und täuschend echt aussehend! Und angeblich vibrierten diese Teile auch noch, wenn man(n) sie sich auf den Ständer schob und ein Knöpfchen drückte.

Nicht auszudenken, was man damit alles anstellen konnte, allein und zu zweit. Und bei genügend Phantasie natürlich!

Arthur beschloss, schon bald mal wieder diesem Sexshop einen Besuch abzustatten und sich eine solche künstliche Möse zu gönnen. Für heute wollte er jedoch seinem ursprünglichen Plan folgen … Arthur blätterte weiter.

Die Verkäuferin stand jetzt dicht neben ihm und schaute sich die Dinge an, an denen Arthurs Blick länger hängenblieb. Er konnte den Duft das Mädchen jetzt wahrnehmen, so nah kam sie ihm. Sie roch süß und jung, nach Vanille und Pampelmusen und nach Mandeln.

Ganz hinten im Katalog fand er schließlich das Gewünschte. Er wollte gerade darauf zeigen und sagen: *Das hier! Haben Sie das auf Lager?*, aber das Mädchen war plötzlich weg.

Arthur wandte sich um und sah sie vorn an der Ausgangstür stehen, deren oberes Drittel verglast war. Die Kleine beobachtete anscheinend die Passanten. Arthur hüstelte und räusperte sich dezent, und endlich reagierte sie und kam mit wiegenden Hüften zu ihm zurück.

Er hielt ihr den Katalog hin und deutete mit dem

Zeigefinger auf ein Paar feinmaschige Netzstrümpfe und rote Lackleder- Stilettos. Mit belegter Stimme nannte er Lynns Größe.

Das Mädchen nickte und lächelte. »Die Erotik-Accessoires sind unten, in unserem Spielkeller. Wenn Sie mir bitte folgen möchten.«

Sie stöckelte vor ihm her und präsentierte ihm dabei ihre hübsche Rückenansicht. Die Pobacken waren besonders niedlich geformt, so rund und straff. Sie erinnerten Arthur an reife Pfirsiche. In dem hautengen Lacklederkleid zeichneten sich sämtliche Kurven und Rundungen überdeutlich ab, selbst das sanfte Wiegen der Hüften beim Gehen wurde noch betont.

Arthurs Schwanz schwoll erneut an, und er konnte den verflixten Kerl nicht ständig zur Räson bringen. Wie denn auch, mit diesem heißen Feger vor Augen! Allein schon, wie sie jetzt die Treppe hinunterging, mit hocherhobenem Kopf und wiegenden Hüften und Hinterteil, wie eine Königin der Nacht!

Arthur bat sie, die roten Stilettos anzuprobieren. Als sie aus ihren Schuhen schlüpfte, konnte Arthur sehen, was für hübsch geformte sinnliche Zehen diese kleine Verkäuferin hatte. Ein wilder Drang überkam ihn, als er sich vorstellte, an diesen süßen jungen Zehen zu knabbern und dann jede Einzelne davon zwischen seine Lippen zu nehmen und daran zu lecken.

Ihre Schuhgröße war eine ganze Nummer kleiner als Lynns, aber das Mädchen versicherte – mit einem frechen und tiefen Blick in Arthurs Augen –, dieser Unterschied fiele nicht weiter ins Gewicht, der sexy Eindruck bliebe derselbe.

»Die Dinger sind nicht sehr bequem, aber höllisch scharf!« Sie lachte und ließ anschließend eine Kaugummiblase aus ihrem großen Mund herauswachsen, um diese gleich darauf wieder zu verschlucken. Dabei schimmerten die knallroten Lippen des Mädchens feucht und anziehend.

Arthur begann zu schwitzen. Er versuchte es mit einem halbwegs zweideutigen Scherz. »Und im Bett läuft man ja eigentlich auch nicht!«

Das Mädchen legte den Kopf in den Nacken und lachte dann lauthals. Dabei zeigte sie ihre strahlend weißen Zähne und ihre rosafarbene Zungenspitze.

»Das stimmt absolut, Sir!«

»Also gut, ich nehme dann die Schuhe eine Nummer größer und die halterlosen Netzstrümpfe in Medium!«, erklärte Arthur mit einer großzügigen Handbewegung, als wäre dieser Kauf für ihn die normalste Sache der Welt. Was es nicht war, keineswegs! Vor allem war sich Arthur in Bezug auf Lynns Reaktion mehr als unsicher. Am Ende konnte es sogar passieren, dass sie von ihm verlangte, die Sachen zurückzubringen. Was ihm wiederum äußerst peinlich wäre!

Nicht auszudenken, wenn er diesem platinblonden Engel hier würde gestehen müssen, dass seine Ehefrau (auch das noch! Die Kleine nahm sicher an, er kaufe die Sachen für seine Geliebte ... Welcher Trottel verwöhnte schon für teures Geld die eigene Gattin – oder fuhr mit derselben nach Paris?) sich ihm sozusagen verweigerte!

»Da wird sich die Dame sicher heute Abend sehr freuen. Darf es sonst noch etwas sein, Sir? Sehen Sie sich doch ruhig noch ein bisschen um, hier unten wird es nämlich erst spannend.«

Wieder einmal schaute diese kesse Kleine ihm direkt in die Augen, und Arthur spürte, wie sein Puls sich rasend beschleunigte und sein Herz wie verrückt klopfte.

Aber dann fiel sein Blick auf die gegenüberliegende Wand. Sofort wurden Arthurs Augen noch größer. Und er griff sich unbewusst an den Hemdkragen, um diesen zu lockern.

Verdammt, mit dieser Auswahl an unterschiedlichsten Peitschen in allen Größen konnte man ja glatt eine ganze Folterkammer ausstatten! Da war ja wirklich für jeden Geschmack etwas dabei. Schwarz oder rot, sogar eine neunschwänzige Katze war darunter.

Mit rauer Stimme fragte Arthur schließlich: »Diese ... diese Sachen, die da drüben an der Wand hängen, verkaufen Sie die auch?«

»Natürlich, Sir! Die Peitschen sind *der* Renner im Sortiment. Sagen Sie mir, welche Ihnen gefällt, und ich hole Ihnen das gewünschte Modell herunter.«

Das war genau das, was er hatte hören wollen! Er war nicht pervers oder sadistisch veranlagt, nur weil er bestimmte heimliche Gelüste hatte. Andere Leute hatten die auch – und sie gaben ihnen nach!

Wer weiß, vielleicht träumte Lynn auch heimlich davon? Vielleicht hatte sie es nur nie gewagt, es Arthur einzugestehen ...

Die Verkäuferin stöckelte bereits und holte hinter einem schwarzen Samtvorhang eine Klappleiter hervor.

Noch ehe Arthur protestieren konnte, stieg das Mädchen auf der Leiter nach oben.

Und Arthur wusste augenblicklich nicht mehr, wo er zuerst hinschauen sollte. Er spürte, wie inzwischen sogar seine Ohrläppchen rot geworden waren. Sein Schwanz war ohnehin längst völlig außer Rand und Band.

Arthurs Blicke wanderten hektisch und begierig von den Peitschen an der Wand nach unten und dann wieder hoch und unter das kurze Kleid der Verkäuferin. Er konnte jetzt sehen, dass sie einen roten Tangaslip trug, der vorn ihre fleischigen Schamlippen teilte und hinten völlig in der Poritze verschwand.

»Die hier kann ich wärmstens empfehlen«, sagte das Mädchen gerade und deutete auf ein Modell mit kurzem, breitem Stiel. »Sie liegt wunderschön bequem in der Hand und zischt so scharf, wenn sie durch die Luft saust, Sir!«

Die Kleine lachte leise und lockend und leckte sich dann mit der rosafarbenen Zungenspitze langsam über die geschminkten Lippen, dabei schaute sie zu Arthur herunter und schon wieder direkt in die Augen.

»Ich muss sie natürlich erst ausprobieren!«, hörte Arthur sich zu seinem eigenen Erstaunen erwidern. Noch erstaunter war er allerdings darüber, wie fest und selbstbewusst fordernd seine Stimme klang. Regelrecht gebieterisch, sogar ein gewisser Befehlston lag darin.

Das Mädchen hatte zu lachen aufgehört, sie starrte Arthur aber weiter auffordernd in die Augen, und dann erschien plötzlich zwischen ihren halbgeöffneten Lippen eine weitere Kaugummiblase. Es war klar, sie wollte ihn provozieren.

»Lass das, ich mag das nicht!«, sagte Arthur prompt,

mit nunmehr gefährlich leiser Stimme. Und dann forderte er sie auf: »Steig von der Leiter, und bring die Peitsche mit!«

Das Mädchen folgte ihm aufs Wort.

Und Arthur blendete vorübergehend die Tatsache aus, dass er ein glücklich verheirateter Mann war. Dies hier hatte nichts mit Lynn zu tun, dies hier war ein Sexshop! Und deshalb ging es hier auch nur um SEX.

6

Arthur schob mit dem Peitschenstiel langsam den Rock der Verkäuferin über ihren Po nach oben. Sie stand mit dem Rücken zu ihm, warf Arthur aber über die linke Schulter einen einladenden und kessen Blick zu. Außerdem lächelte sie, und dieses Lächeln ermunterte Arthur endgültig, mit seinem frivolen Treiben fortzufahren. Er ließ kurzerhand jegliche Vorsicht sausen und erlaubte seinem besten Stück, das Kommando zu übernehmen.

Arthur hatte das Hinterteil der Kleinen mittlerweile vollkommen entblößt, zwar trug sie noch den winzigen Tangaslip, aber der fiel kaum auf, weil er tief in der Poritze verschwand.

Das Mädchen beugte sich jetzt nach vorn und griff mit beiden Händen an die seitlichen Streben der Klappleiter. Arthur dämmerte, dass sie ihrem Körper auf diese Weise mehr Halt geben wollte, denn sie trug ja immer noch diese gefährlichen Stilettos. Er zögerte dennoch einen Augenblick, aber sie wackelte auffordernd mit den Hüften. »Na, komm schon! Du wolltest doch die Peitsche testen, oder nicht?«, lockte sie ihn.

Die beiden entblößten weißen Kugeln ihres knackigen Hinterns vor Augen, verlor Arthur endlich die letzte Scheu. Er trat einen Schritt zurück und packte gleichzeitig die neunschwänzige Lederpeitsche fester am Griff. Dann holte er das erste Mal aus. Ein scharfes Sausen in der Luft ließ das Mädchen zusammenzucken, aber ansonsten hielt es still.

In der nächsten Sekunde ertönte ein lautes Klatschen, die Peitsche war auf nackte Haut getroffen. Der Hieb hinterließ auf der linken Pobacke der Verkäuferin rote Streifen.

Das Mädchen wand sich vor Schmerz, gab aber – außer einem leisen, kurzen Wimmern – keinen Laut von sich. Sie beugte sich sogar anschließend noch ein bisschen weiter in den Hüften nach vorn und wackelte erneut mit den Pobacken.

Arthur fühlte sich herausgefordert und holte gleich noch einmal aus. Wieder hörte er das erregende Zischen in der Luft, dann das saftige Klatschen, beides fuhr ihm direkt in die Lenden und befeuerte seine Lust.

Dieses Mal jaulte die Kleine auf vor Schmerz, dann wimmerte und schließlich verstummte sie, bis auf ein kaum noch vernehmbares Keuchen.

Arthur wollte ihr gern eine Pause gönnen, er trat von hinten näher an sie heran und begutachtete mit einem gewissen Stolz sein Werk. Die zarte Haut beider Pobacken wies jetzt diverse breite rote Striemen auf, aber zum Glück war die Haut nirgendwo aufgeplatzt.

Arthur legte seine freie Hand zuerst zärtlich um die eine Pobacke, dann um die andere. Beide Backen fühlten sich heiß an, während er sie sanft streichelte. Arthurs Erregung nahm zu, und seine Handfläche begann, zu kribbeln und zu jucken.

»Ich stelle fest, mein kleiner Peitschentest gefällt dir!«, sagte er lakonisch.

Sie sagte nichts, nickte aber heftig mit dem Kopf.

»Böses, kleines Mädchen! Du bist wohl daran gewöhnt, auf diese Art und Weise bestraft zu werden?«

Sie kicherte, sagte aber wieder nichts dazu. Doch dann hörte Arthur plötzlich ein verräterisches Geräusch ... Die freche Kleine hatte eine große Kaugummiblase zerplatzen lassen!

»Dreh deinen Kopf zur Seite!«

Sie tat es und grinste dabei spöttisch zu ihm auf.

Tatsächlich! Die Kaugummireste klebten sogar noch um ihre rot verschmierten Lippen fest. Das sah unappetitlich aus, und Arthur schüttelte sich unwillkürlich. Sein Schwanz schrumpfte prompt, und das war besonders ärgerlich.

Hatte sie das absichtlich getan? Wollte sie ihn reizen?

»Ich hatte dir doch gesagt, du sollst das lassen!«

Dieses Mal schlug er sie mit der flachen Hand abwechselnd auf die nackten Pobacken.

Arthur wiederholte diese Bestrafungsaktion gleich mehrmals, sie hatte sich das redlich verdient, das freche Ding!

Er bemerkte bald, wie ihre Haut am Po von seinen klatschenden Schlägen ständig heißer wurde, aber er konnte momentan nicht aufhören, schon weil sein Schwanz sich gerade wieder aufrichtete.

Die Kleine stöhnte einige Male auf, jedoch hörte sich das Ganze für Arthur eher nach Lust, denn nach Schmerz an.

Und dann sah er, wie sich auf einmal ihre eine Hand

von der Leiter löste und von vorn zwischen ihre Schenkel wanderte.

Arthur unterbrach die Bestrafung und ging spontan in die Hocke, um besser erkennen zu können, was sie da unten trieb. Natürlich konnte er es sich schon denken, aber er wollte ihr dabei *zusehen*.

Ihre Finger fuhren gerade in der Ritze zwischen den Schamlippen auf und ab und wurden immer schneller.

»Was ist? Haben die Schläge dich etwa so geil gemacht?«

Sie gab keine Antwort, dafür holte sie aus ihrer Spalte den Steg des Tangaslips heraus. Sie hielt das Teil zwischen zwei Fingern fest und zog weiter daran, bis es stramm vor ihrer klaffenden Möse aufragte. Dann ließ sie abrupt den Steg des Tangaslips los, und dieser schnellte zurück in ihre feuchte Ritze.

Erneut stöhnte sie auf, dieses Mal konnte Arthur jedoch Schmerz und auch Lust deutlich darin erkennen. Außerdem wurde ihm klar, dass der winzige und elastische Tangaslip aus dünnem Gummimaterial bestand.

Sofort erwachte in Arthur die Idee zu einem neuen Spielchen.

Er führte den breiten Stiel der Peitsche vorsichtig in die Poritze des Mädchens ein, um den Spalt zu vergrößern. Dann schob er zwei Finger nach, bis er den Steg des Tangaslips greifen und anschließend herausziehen konnte. Prompt spannte sich das gummiartige Material auch dieses Mal an und wurde umso straffer, je stärker Arthur daran zog. Er stellte sich vor, wie sich gerade vorn in der Möse der Kleinen der Gummi straff anspannte und dabei ihre Perle rieb.

In diesem Augenblick begann das Mädchen, laut und voller unbändiger Lust zu stöhnen, dabei warf sie ihren Kopf in den Nacken.

Das wilde Stöhnen forderte Arthur weiter heraus, es machte ihn selbst geil.

»Du bist eine verdorbene kleine Schlampe. Ich kann deine Möse riechen, ich weiß, wie scharf du bist.«

Er spielte weiter mit dem Slip herum und ließ dabei den gedehnten Steg des Tangas in der Muschi der Kleinen regelrecht tanzen. Sie wackelte dazu mit Hüften und Becken, und ihre steigende Erregung stieg ihm in die Nase. Dieses Mädel hier war überreif, man roch es, sie würde jetzt jeden Moment abgehen wie eine Rakete. Und er wollte dafür sorgen, dass sie sich auf der Stelle bei ihm für das Vergnügen revanchierte! Er musste dringend den unerträglichen Druck in seiner Hose loswerden, ehe sein Schwanz noch explodierte!

Arthur dehnte den Gummislip noch einmal, so weit er nur konnte. Dabei fuhr er mit dem Peitschenstiel zwischen die Schenkel des Mädchens und dann mit sanftem gezielten Druck zwischen die klaffenden Schamlippen. Er glitt mit dem Stiel in der glitschigen Spalte auf und ab und konnte deutlich spüren, wie dieser dabei immer wieder über den harten Knubbel fuhr.

Das Mädchen schrie gellend auf, ihr ganzer Körper begann zu zucken, als geriete sie nun vollends in sexuelle Ekstase.

Die Pobacken wackelten, die Hüften zitterten, und dann war es so weit: Die Verkäuferin des Sexshops kam vor Arthurs gierigen Augen und unter seinen erfahrenen Händen.

Mittendrin ließ Arthur den Steg des Gummislips los, und das Material schnellte zurück und grub sich tief hinein in die Poritze der geilen Kleinen.

Auf Arthurs Stirn standen winzige Schweißperlen, und in seiner Hose wurde der Druck so unerträglich, dass er, ohne nachzudenken, den Reißverschluss aufriss.

Das Mädchen musste das verräterische Geräusch gehört haben, denn sie ließ sofort die Leiter los und richtete sich auf den Stilettos zu voller Größe auf. Die Absätze waren dermaßen hoch, dass Arthur sogar ein wenig zu ihr aufschauen musste, als sie jetzt dicht vor ihn hintrat. Aber schon ging sie vor ihm in die Knie und zog dann mit beiden Händen seine Hose ein Stück weit über die Hüften herunter.

Arthurs Schwanz schnellte dankbar nach oben ins Freie. Er war hart und dick und trug eine runde pralle Eichel zur Schau, die momentan feucht und rot schimmerte.

Das Mädchen beugte sich vor und sog Arthurs Männlichkeit förmlich in ihren großen Mund. Dazu packte sie mit einer Hand auch noch seine Hoden und rieb und quetschte beide Hoden abwechselnd immer wieder leicht, während sie gleichzeitig ihre Zunge spielen ließ. Sie leckte seinen Schwanz gekonnt und ausdauernd, anscheinend bereitete ihr dieser Blowjob höchstes Vergnügen, denn sie schnurrte dabei wohlig.

Arthurs Beinmuskeln spannten sich an und wurden hart, so sehr musste er sich anstrengen, um nicht bereits nach kurzer Zeit zu kommen. Eine heiße Woge der Lust nach der anderen überrollte ihn. In seinen Ohren begann es zu sausen, er konnte kaum mehr richtig atmen vor Erregung.

Arthur warf den Kopf in den Nacken und stieß ein langgezogenes Röhren aus: »Jaaa … ooooh … jaaaaa!«

Die Verkäuferin hatte seinen strammen Ständer mittlerweile fast vollständig geschluckt. Arthur konnte spüren, wie die Spitze seiner pochenden Eichel hinten gegen den Gaumen des Mädchens gepresst wurde. Und ihre Zunge fuhr immer noch an seinem dicken Schaft entlang, auf und ab und rundherum, so weit es eben ging. Die Zungenspitze leckte dabei auch über die geschwollene, pulsierende Ader, die sich um Arthurs Schwanz herum wand wie eine Liane.

Die Kleine quetschte noch einmal Arthurs Eier zusammen, und in dem Moment konnte er nicht mehr an sich halten und ergoss sich tief in ihre Kehle.

Er kam so heftig, dass seine Knie zu zittern begannen und gleichzeitig weich wurden. Um ein Haar wäre Arthur auch noch nach vorn gekippt, aber das Mädchen bemerkte seinen Zustand und schlang ihm rasch beide Arme um die Oberschenkel und gab ihm so den nötigen Halt.

Arthur keuchte noch eine Weile, bis sich sein Atem wieder beruhigt hatte. Er war sehr zufrieden mit sich, und ja, stolz war er auch.

Was für ein Abenteuer … In seinen kühnsten Träumen hätte er sich das hier nicht ausmalen können! Und doch war es gerade eben passiert.

»Das hier bleibt aber unter uns beiden, ja?«

Arthur hatte seine Fassung wiedergefunden und war auf den Boden der Realität zurückgekehrt.

Die Kleine lächelte unschuldig, während sie aufstand und das hautenge Lederkleid langsam über ihre Hüften nach unten zog und schließlich sorgfältig glattstrich.

»Folgen Sie mir bitte nach oben an die Kasse, Sir! Ich werde Ihnen die Sachen noch hübsch verpacken.«

»Dezent verpacken, bitte!« Arthur räusperte sich vielsagend.

»Kein Problem, wir haben auch Plastiktüten ohne Aufdruck, Sir! Darf es sonst noch etwas sein? Wir führen spritzigen Champagner in edlen Flaschen, gedacht als Einstimmung auf einen besonders schönen Abend zu zweit. Frauen werden davon im Allgemeinen schneller locker, Sir.«

Arthur stand bereits vor dem Regal, das ihm erst jetzt auffiel, als die Kleine mit der Peitsche, die sie ihm eben abgenommen hatte, darauf deutete.

Er wählte, ohne auf den Preis zu achten, einen Champagner aus, der zartrosa in der Flasche schimmerte. Die Farbe würde Lynn gefallen.

Champagner Marquis de Sade prangte auf dem goldfarbenen Etikett in großen schnörkeligen Lettern. Der Name gefiel Arthur.

Die Verkäuferin ging vor ihm die Treppe nach oben in den Laden. Arthur folgte ihr, er widerstand dieses Mal tapfer dem Impuls, eine Hand auf ihren runden Po zu legen.

Benimm dich, das hier war ein einmaliger Ausrutscher. Ein unwiderstehliches Angebot, so etwas wiederholt man nicht, und dabei soll es auch bleiben!, sagte er sich.

Arthur bezahlte ein hübsches Sümmchen für die

Handschellen, die Peitsche, die Augenmaske, die High Heels, die Netzstrümpfe und den edlen Champagner.

Der stattliche Endpreis ernüchterte ihn schlagartig und endgültig, er fragte sich, ob es die Sache überhaupt letztendlich wert sein würde. Oder ob Lynn ihm am Ende gar noch Vorwürfe machte wegen dieses Einkaufes …

Das Mädchen begleitete ihn zum Schluss zum Ausgang und drehte dort einen Schlüssel von innen im Türschloss herum.

Hatte sie uns etwa im Laden eingeschlossen?, schoss es Arthur durch den Kopf.

Schlagartig fiel Arthur jetzt auch das Schild auf, das innen an der Glasscheibe der Tür hing. Ungläubig starrte er die Verkäuferin an.

Sie hat das alles geplant!, wurde ihm auf einmal klar.

»Sicher ist sicher!« Sie lachte fröhlich und hielt die Tür für ihn auf. »Danke, Sir! Und einen schönen Tag noch.«

Rasch trat Arthur hinaus in die frische Luft. Er atmete einmal tief durch, während sich die Eingangstür des Sexshops hörbar hinter ihm schloss. Er drehte sich noch einmal um und las, was auf dem Schild stand: *Bin gleich zurück*.

Als Nächstes sah er, wie das Mädchen das Schild drinnen umdrehte, es zeigte nunmehr die Öffnungszeiten an.

»Sie hatte es tatsächlich darauf angelegt!«, murmelte Arthur ungläubig vor sich hin, während er wie ferngesteuert losmarschierte. Nach ungefähr fünfzig Metern blieb er dann abrupt stehen und kehrte kopfschüttelnd wieder um. Erst jetzt war ihm aufgegangen, sein Wagen war ja in der anderen Richtung ganz unten an der Straße geparkt.

Urplötzlich sprang ihn wie aus dem Nichts eine mittelschwere Panikattacke an, und dieser Anfall erschwerte Arthur sowohl das Atmen als auch einen klaren Gedanken zu fassen.

Was, wenn Lynn doch dahinterkommt? Ach was, niemals, mach dich nicht verrückt, Alter! Aber sie merkt es immer, wenn ich ein schlechtes Gewissen habe. Und selbst wenn: Einfach alles stur leugnen, niemals etwas zugeben!, versuchte er, sich zu beruhigen.

Arthur begann unwillkürlich, größere Schritte zu machen, er war soeben wieder auf Höhe des Sexshops und wollte so rasch wie möglich die heikle Stelle passieren. Dennoch wagte er einen kurzen Blick oben durch den gläsernen Teil der Tür. Dort hing zwar das Schild mit den Öffnungszeiten, aber man konnte dennoch – sofern man es darauf anlegte – einen kleinen Teil des Ladens, den Bereich um die Verkaufstheke, einsehen.

Das Mädchen stand hinten an der Kasse und zählte eifrig Geldscheine.

Arthur schluckte reumütig und drückte die kostbare Tüte mit dem Champagner und den anderen Kleinigkeiten an seine Brust und machte, dass er aus der Gefahrenzone wegkam.

Der Champagner wird Lynn sicher gefallen. Und die Augenlarve und die Strümpfe. Mach dir keine Sorgen, Arthur, altes Haus. Den Rest zeigst du ihr erst danach. Am besten nach den beiden ersten Gläschen. Sie verträgt nicht viel, es geht schnell bei ihr, und sie wird albern und übermütig wie ein Teenager. Und das ist dann genau der richtige Zeitpunkt!, dachte er.

Sein Blutdruck war gerade dabei, auf einen normaleren Wert abzusinken, aber dann prallte Arthur unsanft mit jemandem zusammen.

»Arthur Evans! So eine Überraschung. Sie hier in Brighton zu treffen, darauf war ich nicht vorbereitet.«

Und schon spürte Arthur eine schwere Männerhand auf seiner rechten Schulter.

»Pastor Cumberland, guten Tag!«

Cool bleiben! Er hat mich bestimmt nicht aus dem Sexshop kommen sehen. Eigentlich geht es ihn auch nichts an ... Was macht er überhaupt hier in Brighton und noch dazu in der Gegend des Amüsierviertels, wo er doch Pastor unserer Heimatgemeinde drüben in Lewes ist?!, wunderte sich Arthur.

Arthur straffte die Schultern und blickte den Pastor fest an.

»Schrecklich, diese ewige Parkplatzsucherei an den Werktagen. Ich habe den Wagen hier weiter unten geparkt und laufe mir seit Stunden die Hacken ab. *Duncan's House* ist voll ausgebucht dieses Wochenende. Lynn wird sich bereits fragen, wo ich mit den Einkäufen bleibe.«

Habe ich das richtig gesehen? War da soeben ein kleines nervöses Flackern in den Augen des Kirchenmannes aufgeblitzt?, fragte sich Arthur.

Aber schon war der Moment vorüber, und Pastor Cumberland wieder ganz er selber. Ein Mann der Kirche, stets jovial und freundlich, aber bestimmt im Auftreten. Ein Mann, der alles im Griff hatte, sich selbst eingerechnet.

»Arthur, wir haben da vor einigen Tagen einen geradezu sensationellen Fund gemacht, etwas außerhalb unseres schönen alten Kirchhofs. Ist Ihnen davon bereits etwas zu Ohren gekommen?«

»Nein. Lynn und ich haben im Moment sehr viel zu tun. Jetzt im Herbst sind unsere Workshops komplett ausgebucht. Deshalb konnten wir an den vergangenen Sonntagen auch nicht zum Gottesdienst kommen.«

»Das verstehe ich vollkommen! Und da Sie mir schon zufällig über den Weg gelaufen sind, kann ich es Ihnen gleich selbst berichten. Immerhin hat der Fund ja auch etwas mit *Duncan's House* zu tun, die Geschichte dürfte Sie und Ihre Frau interessieren.«

Arthur spürte das Vibrieren seines Mobiltelefons in der Hosentasche. Das konnte nur Lynn sein, die sich sicher allmählich fragte, wo er steckte. Zum Glück hatte er noch vor Betreten des Sexshops das Handy auf Vibration gestellt.

Ruhig Blut, Junge, du rufst Lynn zurück, sobald du im Auto sitzt. Sie wird nichts merken, redete er sich gut zu.

»Es handelt sich um einen Skelettfund!«, fuhr der Pastor fort.

»Ach, dann mussten Sie ja die Polizei einschalten?«

»Und ein Team von Archäologen! Die Herren fanden schnell heraus, dass die Gebeine bereits seit mehr als zweihundert Jahren in der Erde liegen. Die Polizei konnte also wieder abziehen. Ein Archäologe fand unterdessen durch Nachforschungen im Kirchenarchiv heraus, dass die sterblichen Überreste einem Mann, und zwar einem gewissen Duncan Whitehead gehören könnten. Weitere Beweise sollen die Laboruntersuchungen in den nächsten Tagen liefern. Liegen die Wissenschaftler richtig, dann haben wir es mit einem ehemaligen Besitzer Ihres Anwesens zu tun, Arthur! Ist das nicht aufregend?«

»Lynn wird es aufregend finden! Ich werde es ihr gleich berichten. Sobald ich im Auto sitze, rufe ich sie an.«

Der Pastor nickte und wünschte dann eine gute Heimfahrt.

Arthur ging rasch davon, die Plastiktüte aus dem Sexshop immer noch fest an die Brust gedrückt.

Irgendein innerer Zwang brachte ihn allerdings schon nach wenigen Metern dazu, sich noch einmal umzudrehen.

Der Pastor war wie vom Erdboden verschluckt … Hatte ihn etwa der Teufel geholt? Oder war er tatsächlich im Sexshop verschwunden …?!

7

Sarah erwachte und erinnerte sich im ersten Augenblick nicht einmal mehr daran, wo sie gerade war. Sie fühlte sich seltsam ausgelaugt und wie erschlagen, ohne Antrieb und furchtbar traurig und wusste doch nicht, wieso und warum. Es kam ihr so vor, als sei ihre gesamte Erinnerung im Schlaf gelöscht worden, da war nur noch eine große Leere in ihrem Kopf.

Als jedoch die leisen Motorengeräusche des Rover endlich bis zu ihr durchdrangen, war alles wie auf einen Schlag wieder da. Und damit auch dieser diffuse dumpfe Schmerz in der Herzgegend. Hinter Sarahs Schläfen pochte es im Rhythmus der Fahrgeräusche: *BORIS BORIS BORIS BORIS BORIS BORIS*.

»Verdammt!« Sie fuhr auf dem Rücksitz hoch und drückte beide Handballen fest auf ihre geschlossenen Augen, um die Tränen mit Gewalt zurückzuhalten.

»Was ist los, Süße? Schlecht geträumt?«

Flynn warf ihr im Rückspiegel einen besorgten Blick zu.

Sarah antwortete auch nicht gleich, sie wollte nicht, dass ihr zitterndes Stimmchen sie verriet. Sie schämte sich, weil sie so unbeherrscht und so sentimental war, eine richtige Heulsuse!

Dieser Drecksack von Boris amüsiert sich mit seiner neuen Flamme und genießt das Leben in vollen Zügen! Wieso lasse ich es dann zu, dass er mir immer noch mein Leben versaut?!, sagte sie sich.

Jason drehte sich auf dem Beifahrersitz um, soweit es der Sicherheitsgurt zuließ. Als er das klägliche Häufchen Elend auf der Hinterbank sah, griff er nach hinten und tätschelte mitleidig Sarahs Knie.

»Na, komm schon, Baby! Wir haben doch so ein wunderbares Wochenende voller schlüpfriger Abenteuer vor uns. Du bist unter guten Freunden, hast einen tollen Job, das Leben ist so einfach, wenn man es nur zulässt …«

»Schlüpfrige Abenteuer?«, fragte Flynn und packte das Steuerrad fester. »Wie meinst du das, Jason?«

Er bekam keine Antwort, dafür hatte Sarah ihre Fassung und auch die Stimme wiedergefunden.

»Sagt mal, Jungs, und zwar bitte ganz im Ernst: Kennt ihr ein Soforthilfe-Rezept gegen Liebeskummer?«

»Eine neue Liebe!«, ertönte es vom Fahrersitz.

Jason schüttelte heftig den Kopf, seine Hand lag immer noch auf Sarahs Knie, wo sie sich beruhigend warm und fest anfühlte.

»Kein wirklich guter Rat, *Fly!*«, meinte Jason. »Vor allem kein Soforthilfe-Rezept. Kein Mensch findet so leicht und so einfach oder gar auf die Schnelle eine neue Liebe.«

Flynn brummte etwas, dann sagte er: »Du hast natürlich recht. Aber sich verlieben, das geht doch in null Komma nichts, wenn man nur will. Stimmt doch, oder? Da genügt oft schon ein kleiner überspringender Funke, ein Lächeln, ein Augenaufschlag. Oder manchmal auch bloß ein Gläschen zu viel im Pub!«

»Hört auf, ihr beiden. Ich will nicht, dass ihr euch meinetwegen streitet! Außerdem hab ich es bereits kapiert, danke. Es gibt kein sofort wirksames Heilmittel oder Rezept gegen dieses dumpfe und vollkommen beschissene Herz-Schmerz-Gefühl …«

»Doch! Sex!«, fiel Jason ihr ins Wort.

»Wie bitte?«

»Sex. Vögeln. Bumsen. Ficken. Liebe machen.«

»Sehr witzig, wirklich! Mit wem denn?«

Sarah hörte selbst, dass ihre Stimme nicht gerade freundlich klang.

»Na, vielleicht mit dem Süßen vom Flughafen?«, mischte sich Flynn nun ein.

Unwillkürlich zuckte Sarah zusammen. *Mario!*

Ihr kleines erotisches Abenteuer von heute Morgen im Flieger fiel ihr wieder ein. Es war schön gewesen, sexy, entspannend. Und es hatte Sarah ein Weilchen von ihrem Liebeskummer abgelenkt. Aber jetzt im Rückblick fühlte sie sich vor allem schuldbewusst. Es war nicht fair, den süßen Mario in dieser Art und Weise zu benutzen. Womöglich machte er sich jetzt Hoffnungen auf mehr, aber sie konnte ihn nun mal nicht lieben. Sie mochte Mario, sie fand ihn süß, aber er war und blieb ihr bester Kumpel. Und mehr nicht …

»Mario ist nichts weiter als ein guter Kumpel und Kollege, Flynn!«

»Sex mit einem Unbekannten wäre das Beste! Oder jedenfalls mit jemandem, den du noch kaum kennst, so wie mich etwa …« – Jason hielt abrupt inne, als er

Flynns Gesichtsausdruck bemerkte. Außerdem heulte der Motor des Rover einmal mehr gequält auf.

»Das war doch nur ein Beispiel, um zu verdeutlichen, was ich meine, *Fly*, okay?«

»Hört auf damit, ihr zwei! Mein Gott, ist das schwierig mit euch, ständig muss man aufpassen, nicht ins Fettnäpfchen zu treten. Im Übrigen, Jason, finde ich deine Idee abwegig. Ich kann einfach nicht mit einem anderen Kerl rummachen, wenn mein dummes Herz noch für den einen schlägt. So bin ich nun mal.«

»Hast du das überhaupt schon mal ausprobiert? Sex als Trostpflaster, meine ich.«

»Nein, und das will und werde ich auch nicht«, erwiderte Sarah.

Sie musste an Mario denken, und ihr wurde bewusst, dass sie das sehr wohl mit dem Sex als Trostpflaster konnte …!

»Was ich meinerseits sehr gut verstehen kann, Süße!«, pflichtete Flynn ihr bei.

Aber Jason hatte sein Pulver längst noch nicht verschossen.

»Während des sexuellen Beischlafs werden jede Menge Hormone ausgeschüttet, wie allgemein bekannt ist. Darunter sind auch solche Botenstoffe, die wiederum Gefühle von Zuneigung und das starke Bedürfnis nach Bindung bei *beiden* beteiligten Partnern auslösen. Es ist ein genialer Trick der Natur, um einerseits für Nachwuchs zu sorgen und andererseits auch dafür, dass beide Elternteile ausreichend lange Zeit zusammenbleiben und sich gemeinsam um die Brut kümmern. Die einzig logische Konsequenz aus diesem Wissen lautet also: Man kann und muss sich sogar selbst von Liebeskummer heilen, indem man die eigene Körperchemie ankurbelt und gleichzeitig umprogrammiert. Und zwar durch Sex mit einem anderen Menschen als dem, der einem gerade das Herz gebrochen hat.«

»Halt die Luft an, Jason-Darling!«, erwiderte Flynn säuerlich. »Wir sind da.«

Der Wagen hielt bereits, aber Jason war immer noch nicht ganz fertig mit seiner Erklärung.

»Sarah, es ist so einfach. Du musst dich ja gar nicht sofort wieder verlieben, im Gegenteil. Einmal Sex mit einem Neuen schüttet gerade die richtige Menge an Hormonen aus, um den treulosen Kerl in der Erinnerung deiner Körper- und Gehirnzellen zu verdrängen. Na ja, vielleicht auch zweimal Sex. In Härtefällen dreimal. Aber dann muss Schluss sein. Sonst geht der Schuss leicht nach hinten los, wenn nämlich plötzlich zu viele Hormone im Blut herumschwimmen, die für Zärtlichkeit und Bindung an den Neuen sorgen wollen. Führ dir den Sex also in sozusagen homöopathischer Dosis zu, das ist der ganze Trick dabei. Gerade so viel Chemie wie nötig, aber nicht zu viel, um nicht gleich wieder reinzufallen. Hast du das Prinzip verstanden?«

»Keine Ahnung, jedenfalls war es amüsant.«

Sarah kletterte als Letzte aus dem Auto. »Und ich fühle mich auch schon wieder besser. Danke, Jason!« Sie stellte sich auf die Zehenspitzen und küsste ihn rasch auf die Wange.

Flynn knallte gerade lautstark die Haube des Kofferraums zu. »Tragt euer Gepäck gefälligst selber ins Haus, ich bin schließlich hier nicht der Packesel vom Dienst!«

Sarah wanderte in der großen gemütlichen Landhausküche umher und inspizierte sämtliche Schubladen, Vorratsregale und die Unterschränke mit den Töpfen und Pfannen. Alle wichtigen Gerätschaften befanden sich an den gewohnten Plätzen, prinzipiell konnte es also sofort mit dem Kochen losgehen. Oder jedenfalls, sobald Arthur zurück war. Er schien überfällig zu sein, und Lynn war schon fuchsteufelswild deswegen. Selbst Sarah wurde allmählich nervös, in ihrem Kopf formten sich ständig neue Bilder und Ideen fürs Abendessen, und sie wollte gerne so bald wie möglich Arthurs Markt-Ausbeute begutachten und mit den Vorbereitungen beginnen. Die ersten Wochenendgäste waren überraschend bereits heute – am Donnerstagnachmittag – angereist und hatten fröhlich verkündet, gern das Abendessen in *Duncan's House* einnehmen zu wollen. Gegen Aufpreis natürlich. Man habe so viel Gutes über die Kochkünste und die herrlichen Menüs der jungen Köchin Sarah gehört. Aber natürlich würde man im Notfall auch mit dem nächstgelegenen Pub vorliebnehmen …

Und gleich zur Begrüßung hatte Lynn Sarah mit der Frage überfallen, ob sie bereits heute Abend ein volles Menü »außer der Reihe« auftischen könne. Sarah war ohne zu zögern einverstanden gewesen. Je stärker der Job sie von Anfang an in Anspruch nahm, desto weniger blieb ihr Zeit zum Grübeln und sich ihrem Herzschmerz hinzugeben.

»Arthur, geh ran, verflixt noch mal! Wo steckst du denn?«

Lynn fluchte draußen im Hausflur herum. Sie versuchte seit einer Viertelstunde beinahe im Minutentakt, den Herrn des Hauses am Handy zu erreichen. Der Abfluss des Spülbeckens in der kleineren der beiden Küchen war verstopft, und Lynn wollte, dass Arthur sich auf der Stelle eine Lösung für dieses Problem einfallen ließ.

»Ich kann mich schließlich nicht um alles kümmern, während der Herr auf Einkaufstour gemütlich für Stunden im nächsten Pub versumpft! Ich kenne doch meinen Göttergatten.«

Sarah schmunzelte in sich hinein, als sie Lynn so über ihren Mann herziehen hörte. Sie fühlte sich augenblicklich seelisch ausgeglichener als in den ganzen verdammten letzten Wochen in Berlin. Der Aufenthalt hier in *Duncan's House* tat ihr wie immer gut, und zwar von der ersten Minute an.

Lynn und Arthur waren äußerst sympathisch und gleichzeitig so herrlich exzentrisch, wie es nur Engländer sein konnten. Es war unmöglich, diesem Paar lange böse zu sein, und als Gastgeber gaben Lynn und Arthur sowieso ein tolles Gespann ab.

Sarah begeisterte sich aber vor allem für das schöne alte Landhaus und seine heimelige Atmosphäre. Sie freute sich darauf, an diesem Vorlese-Wochenende wieder einen guten Job zu machen. Sie liebte es, andere Menschen mit ihren Kochkünsten zu verwöhnen. Beim Kochen konnte sie alles andere vergessen, sogar den Mistkerl Boris.

Auf dem Gang draußen klingelte das schnurlose Telefon, das für gewöhnlich neben der Haustür in einer Halterung an der Wand steckte.

»Arthur, na endlich! Wo bleibst du denn, wir haben hier ein Problem!«

Lynn verstummte einen Moment, um kurz darauf über den verstopften Abfluss zu schimpfen. Arthur wusste offenbar eine Lösung dafür, denn Lynn klang deutlich entspannter und leiser. »Gut, dann ruf bitte gleich Bill an, und komm nach Hause. Sarah ist bereits in der Küche, Flynn und seine neue Flamme proben den Auftritt im Kaminzimmer, und diese Last-Minute-Bucher, Desmond und Sue, sind auch schon eingetroffen. Auch der Bekannte von Flynn, der unerkannt bleiben will, ist bereits da!«

Lynns Stimme wurde noch leiser. Sarahs Neugierde war geweckt, und sie schlich sich an die lediglich angelehnte Küchentür heran, und öffnete die Tür ein bisschen mehr.

Lynn raunte mittlerweile nur noch. »Ja, wenn ich es dir doch sage, Arthur! Ich kenne seine Stimme. Wenn ich bloß drauf käme, woher! Sein Gesicht sagt mir nichts, obwohl er verdammt gut aussieht. Das ist ein richtiger Frauentyp …« Dann verstummte sie. Das Telefonat war offenbar zu Ende.

Sarah wollte sich von ihrem Lauschposten zurückziehen, als mit einem Mal die Tür weit aufgerissen wurde. Sarah verlor eine Sekunde lang das Gleichgewicht und taumelte nach vorn. Zum Glück landete sie sicher und weich in Jasons Armen.

Sein angenehmer männlicher Duft überraschte sie ein weiteres Mal, wie schon bei der Begrüßung in Flynns Wohnung. Sie spürte das Klopfen seines Herzens und durch den Pulli hindurch Jasons Muskeln, als er sich an ihren Körper drängte. Sie vergrub das Gesicht sekundenlang an Jasons Schulter und genoss das warme Gefühl im Bauch und das plötzliche erregende Prickeln zwischen den Schenkeln.

Ups, es funktioniert noch alles! Ich bin zum Glück nicht eingerostet vor lauter Liebeskummer, jedenfalls ist meine Libido wach wie eh und je. Jetzt fehlt bloß noch ein total umwerfender Fremder, der mich uneigennützig und ohne Hintergedanken mal kurz um den Verstand vögelt, sagte sie sich.

Sarah kicherte leise über ihre schmutzige kleine Anwandlung. Lynns Beschreibung soeben am Telefon zum Thema *attraktiver Fremder* war hierfür verantwortlich, ganz klar. *Na, hoffentlich lässt der interessante Neuankömmling sich bald blicken!,* dachte sie.

Jason interpretierte ihre plötzliche Heiterkeit wohl als willkommene Aufforderung und zog Sarah noch ein wenig näher an sich. Allmählich war seine innige Umarmung mehr als eine rein freundschaftliche Begrüßung. Jetzt schob er auch noch ein Bein frech zwischen Sarahs Schenkel, und gleichzeitig drängte sich sein Becken gegen ihren Unterleib.

Sarah erinnerte diese Stellung leider fatal an den Tangokurs, den sie mit Boris vor Monaten begonnen und dann niemals abgeschlossen hatte … Und ihre Heiterkeit bekam prompt einen empfindlichen Dämpfer! Sie wartete auf das Einsetzen des bekannten Herzschmerzes und auf das furchtbar flaue Gefühl im Magen, beides blieb jedoch zum Glück aus. Immerhin. Stattdessen wurde sich Sarah des drängenden Ziehens und Pochens in Becken und Muschi immer mehr bewusst. Sie versuchte hastig, sich aus Jasons Armen zu befreien, aber er hielt sie leise lachend fest. Sie konnte spüren, wie sich in seiner Hose etwas regte. Und dieses Etwas schien auch noch zu wachsen.

»Süße, was machst du denn? Wir belauschen doch nicht etwa fremde Telefongespräche?«

Sein Atem kitzelte sie am Hals, also lachte sie nun auch. Jasons Lippen streiften Sarahs Ohrläppchen, dann hauchte er ihr ins Ohr. Seine kecke Zungenspitze folgte und begann, sämtliche Windungen in Sarahs Ohr zärtlich zu erkunden.

»Jason, hör auf, lass das, bitte! Wenn Flynn uns so sieht, was denkst du dir bloß dabei?«

»Sag jetzt nicht, das hier gefällt dir nicht, Süße!«, säuselte er ihr ins Ohr.

Sarah spürte, wie ihr ganzer Körper zu kribbeln begann, von den Zehenspitzen bis hinauf in die Haarwurzeln.

»Du bist höllisch sexy, weißt du das? Du machst mich an, ich kann nichts dafür. Komm schon, Baby, es ist doch bloß ein harmloses Vorspielchen, nichts weiter. Erinnerst du dich an meine bewährte Dreierregel gegen akuten Liebeskummer? Ich stehe gerne zur Verfügung …«

»Schluss jetzt! Du hast mich aufgefangen und vor einem Sturz bewahrt, du bist ein tapferer Held, Jason. Ich danke dir. Das war's. Und Abmarsch!«

Damit stieß sie ihn burschikos von sich weg. Dieses Mal ließ er sie tatsächlich los. Er trat einen großen Schritt zurück. Dann stand er vor ihr, der große, schlanke, gutaussehende Kerl. Mit hängenden Armen, wie ein ertappter Sünder, und dazu lachte er, so, als habe ihn ihre Abfuhr zudem gekränkt.

Gerade als Sarah ihm prüfend in die Augen blicken wollte, tauchte plötzlich wie aus dem Nichts ein Mann hinter Jason auf. Vermutlich war er die Treppe aus dem oberen Stockwerk heruntergekommen … Der rote flauschige Läufer auf den Stufen schluckte die meisten Geräusche, deswegen hatten weder Jason noch Sarah Schritte gehört.

Ihre Blicke trafen sich und tauchten ineinander, und für einen Moment schien die Zeit stillzustehen. Sarah und der Fremde starrten sich an, ohne ein Wort, ohne ein Wimpernzucken. Lediglich ihre Pupillen wurden weiter.

Sarahs Haut begann zu kribbeln, dann wurde ihr auch schon heiß. Sie konnte förmlich spüren, wie sie rot wurde, was sie wiederum ärgerte. Aber es gab leider nichts, was sie dagegen hätte unternehmen können. Ihr Pulsschlag war aus dem Takt geraten und schien immer wieder zu stolpern, so, als hätte sie plötzlich Herzrhythmusstörungen bekommen. Obendrein setzte tief im Becken ein verräterisches und erregendes Ziehen ein, das aber dieses Mal nichts mit Jasons Anwesenheit zu tun hatte.

Das verräterische Ziehen ging auf das Konto des Fremden!

Jetzt schien auch Jason endlich zu bemerken, dass Sarahs ungeteilte Aufmerksamkeit nicht mehr ihm gehörte, und er drehte sich auf dem Absatz um.

»Und wer sind *Sie*, wenn ich fragen darf?«

»Verzeihung, ich wollte nicht stören. Ich kam gerade zufällig die Treppe herunter. Und die Tür stand offen.«

Jason setzte ein charmantes Lächeln auf. »Kein Problem! Ich bin Jason Henson. Und die hübsche junge Dame hier hört auf den Namen Sarah. Man sagt, sie koche ebenso toll, wie sie aussieht.«

»Freut mich. Mein Name ist Sander. Tim Sander!«

Sarah fiel zwar auf, dass Jason an der Stelle jetzt kurz zusammenzuckte und das Lächeln aus seinem Gesicht verschwand, dachte sich aber nichts dabei, ihr Denkvermögen lief momentan weiter nur auf Autopilot. Sie lauschte hingerissen dem warmen Klang der Stimme des Mannes mit den schönen Augen. Dieses Timbre war wahnsinnig erotisch!

Tims Blicke hatten sich mittlerweile wieder mit denen von Sarah getroffen, um das jäh unterbrochene Augen-Rendezvous von eben fortzusetzen. Sie brachte unter diesen Umständen natürlich keinen einzigen Ton heraus. Tim schien hingegen unter plötzlichen Lähmungserscheinungen zu leiden, jedenfalls starrte auch er nur weiter schweigend in Sarahs Augen und blieb reglos stehen.

Jason trat unruhig von einem Fuß auf den anderen, schließlich räusperte er sich vernehmlich, aber auch das brachte nichts. Und Jason fühlte sich absolut überflüssig hier.

Dann läutete es zum Glück Sturm an der Haustür, und der gute Bill war da.

»Sag mal, Kindchen, du hast aber wirklich einiges abgenommen seit dem letzten Mal, wie? Das gefällt mir gar nicht, Sarah! Ich frage mich, welcher Mistkerl bloß dafür verantwortlich ist. Und für den traurigen Ausdruck in deinen schönen Augen? Sag mir den Namen. Den knöpfe ich mir persönlich vor!«

Bill saß mit einer dampfenden Teetasse am Tisch in der großen Küche und sah Sarah zu, wie sie Gemüse wusch und sorgfältig putzte. Das Abflussproblem war inzwischen behoben worden, Bill hatte das in einer halben Stunde erledigt.

Kurz darauf war auch Arthur eingetroffen und hatte die Einkäufe bei Sarah abgeliefert. Und nun war sie fleißig dabei, einen Gemüseauflauf vorzubereiten.

»Erinnere mich nicht, und frage mich auch nicht weiter aus, Bill, bitte! Ich bin, glaube ich, soeben dabei zu vergessen, was nicht mehr zu ändern ist. Der Wochenendjob hier kam gerade zur rechten Zeit! Ehrlich, Bill, ich fühle mich heute schon so viel besser als gestern.«

»Na, umso besser! Wie wär's dann heute Abend mit einem kleinen Besuch im Pub? Drüben im *Cock* findet jetzt wieder jeden Donnerstagabend Live-Musik statt. Ich werde gleich auch noch bei Betty anrufen, sie hat bestimmt Lust mitzukommen …«

»Danke, Bill, aber ich sollte besser hierbleiben. Außerdem habe ich kein Auto, und zum Laufen ist es mir in der Nacht zu weit. Nein, du brauchst gar nicht erst anzubieten, mich mit deinem Wagen abzuholen … Den lässt du schön stehen, wie sonst auch. Du brauchst deinen Führerschein, und das weißt du genau.«

»Kannst du mal eine Sekunde die Luft anhalten und den alten Bill ausreden lassen? Ich habe mich gerade noch draußen vor dem Haus ein bisschen mit diesem sympathischen Gast unterhalten. Tim heißt der Junge. Tim Sander, jetzt fällt's mir wieder ein. Also, ich habe ihn jedenfalls auch gefragt, und er kommt gerne heute Abend mit ins *Cock*. Er meinte allerdings, er trinke nicht viel Bier, höchstens mal ein Pint, und am liebsten gemischt mit Zitronenbrause. Tim kann also fahren und dich in seinem Wagen mitnehmen. Ist alles schon arrangiert.«

Sarah tupfte wortlos das Gemüse trocken, griff nach einem scharfen Messer und begann mit dem Schnippeln.

*

Tim stellte den schwarzen Wrangler-Jeep auf dem großen Parkplatz vor dem Pub ab, dessen Dach ein schmiedeeiserner feuerroter Hahn schmückte.

Drinnen war es laut und voll, vor allem am langen Bartresen drängten sich die Gäste, alles lachte und redete laut durcheinander.

Bill und Betty waren bereits da, sie saßen an einem der hinteren Ecktische und riefen Sarah und Tim zu: »Hierher, ihr beiden. Es war gar nicht leicht, die letzten beiden freien Plätze zu verteidigen!«

Auf der winzigen Bühne des Schankraums setzte Musik ein. Die dreiköpfige Band legte sich mächtig ins Zeug. Und die Stimmung wurde noch ausgelassener.

Eine wirkliche Unterhaltung war jetzt nicht mehr möglich, aber flirten konnte man dafür wunderbar. Immerhin reichten dazu tiefe Blicke.

»Wollen wir auch?«, raunte Tim in Sarahs Ohr, als Bill und Betty aufsprangen und sich unter die Tanzenden mischten.

Sarah nickte. Tim stand auf, nahm ihre Hand und zog

sie vom Stuhl hoch. Das blöde Ding kippte daraufhin um. In letzter Sekunde fing Tim den Stuhl auf, ehe er zu Boden krachte. Dazu musste er Sarahs Hand loslassen. Ihre Knie begannen plötzlich zu zittern, wie aus heiterem Himmel. Und sie musste sich an der Tischkante festhalten.

»Ist dir nicht gut?«, fragte Tim besorgt.

Sie schüttelte rasch den Kopf und lächelte. Er brauchte nicht zu wissen, dass er ihr weiche Knie verursacht hatte.

»Keine Angst, ich halte dich auch schön fest beim Tanzen, falls dir wieder schwindelig wird.«

»Wie kommst du darauf, dass mir schwindelig war? Stühle können doch manchmal von selber umfallen!«

Tim lachte leise auf und zog Sarah eng an sich. Sie bekamen beide einen kleinen elektrischen Schlag, als sich ihre Hände berührten, und da musste auch Sarah lachen.

Tim zog sie noch ein wenig enger an sich und begann, mit ihr zu tanzen, schneller und schneller wirbelte er sie im Kreis herum, und alles andere um sie herum schien nicht mehr zu existieren …

»Und nun der letzte Tanz für heute, Leute!«, rief einer der Musiker irgendwann ins Mikrophon.

Tim führte Sarah an den Ecktisch zurück, wo Bill und Betty heftig miteinander turtelten und nichts anderes mehr mitbekamen. Beim Anblick der beiden machte Tim auf dem Absatz kehrt.

»Ein bisschen frische Luft wäre jetzt gut, oder? Sollen wir …? Und anschließend fahren wir zurück. Hier stören wir momentan doch nur.«

Sarah nickte und brachte lediglich ein »Gerne, Tim!« heraus. Und das, obwohl sie längst vom Guinness-Bier einen Schwips hatte.

Tim zog sie an der Hand hinüber zum Tresen, wo er den Barkeeper diskret um die Rechnung bat. Ehe Sarah es richtig mitbekam, war auch das erledigt. Tim hatte Bills und Bettys Zeche gleich mitbeglichen. Eine nette Geste, die Sarah spontan noch mehr für ihn einnahm. Und in dem Moment fiel ihr ausgerechnet Jasons *Dreier-Regel gegen akuten Liebeskummer* wieder ein. Die aber besagte eindeutig: Gefühle, nein! Sex, ja ... Dreimal, höchstens. Und tschüs.

Sarah rechnete nach: Also dreimal, das wären an diesem Wochenende ... Freitagnacht, Samstagnacht, Sonntagnacht ... Heute, Donnerstag, war zu früh! Zudem war sie beschwipst, und obendrein durfte sich Tim zu ihrer Eroberung ruhig noch etwas mehr einfallen lassen.

Einer der Musiker trat gerade neben Tim an die Bar. »Freut mich, Sie hier zu treffen, Mann. Ich habe mich neulich so amüsiert während Ihrer ...«

Sarah spitzte die Ohren, aber leider ging der Rest des Satzes im Lärm des Pubs unter. Und Tims knappe Antwort ebenso.

Draußen an der frischen Luft machte sich der Alkohol erst richtig bemerkbar. Und in Sarahs Kopf begann sich alles zu drehen.

»Tim, der Spaziergang muss ausfallen. Das Guinness war lecker, aber ich vertrage leider nicht viel davon. Lass uns zurückfahren, bitte!«

Er half ihr galant in den Jeep und startete den Motor.

8

In ihrem Zimmer wurde Sarah von einem erneuten Schwindelanfall überrascht. Ihr Herz raste und hämmerte, am Hals pochte die Schlagader viel zu aufdringlich. Was war nur los mit ihr?

Eben noch hatte sie sich draußen auf dem Flur vor Verlegenheit reichlich überstürzt von Tim verabschiedet – »Gute Nacht, schlaf gut!« Küsschen links und Küsschen rechts – und war dann rasch ins Zimmer gestürmt, ehe er auch nur den Versuch unternehmen konnte, sie richtig zu küssen.

Ich habe gespürt, dass er es wollte … Und prompt muss ich eine Panikattacke kriegen wie ein Teenager vor dem ersten Mal! Das darf doch einfach nicht wahr sein – Jason und seine blöde Dreier-Regel! Wieso höre ich auch auf so etwas?!, fragte sie sich. *Verdammt, ich brauche Luft, frische, kalte Luft!*

Sarah riss das Fenster auf und streckte den Kopf hinaus.

Unzählige Sterne funkelten über ihr, und der Vollmond schien. Keinerlei herbstliche Nebelschwaden trübten die freie Sicht in den schwarzblauen Nachthimmel.

Was für eine himmlische Ruhe dort unten im Garten

herrscht! Leuchten die Sterne über Berlin eigentlich auch so hell und freundlich?, überlegte sie.

Allmählich beruhigten sich Pulsschlag und Atmung, und Sarah atmete tief die frische Nachtluft ein. Sie versuchte, die Sterne zu zählen, und gab es bald auf, es waren zu viele. Manche schienen zum Greifen nahe – Sarah merkte, wie sie sehnsüchtige Gefühle bekam, nach kühlem Gras unter ihren Füßen und einem Spaziergang im hellen Mondschein.

Wenige Minuten später schlüpfte sie in einem knöchellangen weißen Spitzenkleid – ihrem hübschesten Nachthemd – und barfuß durch die Hintertür des Hauses in den nächtlichen Garten.

Sie sah sehr jung und zerbrechlich aus in diesem Aufzug, aber auch überaus sexy. Ihr war noch immer heiß, auch wenn sich das Karussell im Kopf nicht mehr drehte.

Der Rasen unter ihren Füßen war mit einer hauchdünnen Schicht aus Raureif bedeckt, aber Sarah spürte trotzdem keinerlei Abkühlung. Leichtfüßig huschte sie wie eine nächtliche Fee übers Gras, ihr Herz begann erneut, vor lauter Aufregung schneller zu schlagen. *Was tue ich hier eigentlich?*, fragte sie sich. Und dann glaubte Sarah auf einmal abzuheben und knapp über dem Boden zu schweben, so leicht fühlte sich ihr Körper an. Leicht wie eine Feder … Sie breitete die Arme aus und drehte sich im Kreis, vollführte kleine hüpfende Tanzschritte wie vorhin im Pub und drehte sich dann wieder im Takt der schmeichelnden Musik in ihren Ohren, die nur sie allein hören konnte. Sie fühlte sich urplötzlich irgendwie losgelöst und glücklich wie lange nicht mehr, ließ sich einfach hineinfallen in das zauberhafte nächtliche Gefühl. Und sie wollte nicht aufhören zu tanzen.

Der Vollmond tauchte ihren Körper in ein milchiges weißes Licht und ließ die Konturen unter dem dünnen Kleid deutlich hervortreten. Der seidig schimmernde Stoff war im Mondlicht transparent geworden.

Sarah merkte nicht, dass sie beobachtet wurde. Sie kam nicht einmal auf die Idee.

Im Haus war es ganz still gewesen, als sie und Tim sich vorhin durch die Haustür und dann die Treppe hochgeschlichen hatten. Außerdem war es längst weit nach Mitternacht. Wer würde zu dieser Zeit eine tanzende halbnackte Sarah im Garten vermuten und sich ans Fenster stellen, um sie anzustarren?

Jason trat oben in seinem und Flynns Zimmer an eins der Sprossenfenster und schob den Vorhang vorsichtig zur Seite. Flynn schlief schon eine ganze Weile tief und fest. Jason hatte noch gelesen und somit mitbekommen, wie Tim und Sarah nach Hause gekommen waren. Ebenso ein Weilchen später das leise Knarren von Sarahs Zimmertür, sie wohnte immerhin direkt gegenüber auf dem Gang.

Beim Anblick der tanzenden Sarah hätte Jason jetzt beinahe einen verräterischen Pfiff ausgestoßen. Aus Überraschung und weil sie so leicht bekleidet war. Er konnte deutlich die Kurven ihres biegsamen Körpers unter dem Kleidchen ausmachen.

Unten im nächtlichen Garten war es frisch, und Sarahs Brustknospen reagierten auf ihre Weise darauf.

Sie drängten sich durch den dünnen weißen Stoff des Kleides. Und Jasons sexueller Appetit reagierte prompt beim Anblick der harten Nippel.

Auch Tim hatte Sarah ein Weilchen von oben zugesehen. Sein Fenster erlaubte den Blick hinunter auf genau das Stückchen Rasen, auf dem Sarah soeben mit ausgebreiteten Armen tanzte und dabei wie ein Engel aussah.

Tim beobachtete den Mondtanz eine kleine Weile und war hingerissen, fasziniert und gleichzeitig erregt. Dieses Mädchen hatte etwas an sich, was ihn magnetisch anzog.

Der Kerl in Berlin musste ein Dummkopf gewesen sein!

Tim war in groben Zügen von Flynn ins Bild gesetzt worden, nachdem sie am Nachmittag kurz miteinander gesprochen hatten.

»Und was sollte denn diese merkwürdige SMS von heute Mittag, Flynn, sag mal! Von wegen, ich hätte Liebeskummer und wäre aber fast darüber hinweg.«

»Ähnliche Leidensgeschichte! So etwas schafft von Anfang an eine gewisse Gemeinsamkeit, daraus wird leicht mehr.«

»Willst du mich verkuppeln, Flynn? Ich fasse es nicht!«

»Du bist jetzt lange genug Single gewesen, Tim!«

»Ach, findest du?«

»Sarah und du, ihr seid geradezu füreinander geschaffen.«

Über Tims Gesicht huschte ein Lächeln, als ihm das

Gespräch mit Flynn jetzt wieder einfiel. Flynn war ja ein feiner Kerl mit guter Menschenkenntnis, aber er sollte sich lieber um seine eigene, noch taufrische Beziehung kümmern.

Tim waren die begehrlichen Blicke, mit denen Jason Sarah heute bedacht hatte, durchaus aufgefallen … Oder war Flynn das auch alles längst bewusst? Und versuchte er deswegen, Sarah mit Tims Hilfe aus dem Verkehr zu ziehen?

Außerdem würde *Fly* auf diese Weise gleich zwei Fliegen mit einer Klappe schlagen! Jason hatte während der kleinen Vorstellungsszene heute immerhin versucht, nicht nur mit Sarah, sondern auch mit ihm zu flirten!

Und Jasons Eskapaden entgingen Flynn sicher nicht, dazu war er viel zu intelligent und ein viel zu guter Beobachter …

Tim nickte. Etwas sagte ihm, dass er soeben die richtige Schlussfolgerung gezogen hatte. Unwillkürlich musste er lachen. Aber schon zog ihn der Anblick der tanzenden Sarah wieder in den Bann und ließ ihn alles andere vergessen.

Sie ist ungeheuer sexy und wirkt gleichzeitig so zerbrechlich. Sie braucht jemanden an ihrer Seite, der sie versteht und sie so sein lässt, wie sie ist, dachte er.

Tim schluckte. In diesem Augenblick musste er sich eingestehen, dass er ungeheuer auf Sarahs Weiblichkeit abfuhr. Er begehrte die junge Köchin, wie er noch selten vorher eine Frau begehrt hatte.

Der Anblick ihrer hübschen Kurven, der langen Beine und der schmalen Taille unter dem dünnen Kleidchen erregte ihn.

Und Tim spürte die Härte der Erektion zwischen seinen Schenkeln, die seinem heftigen Verlangen folgte. Er schloss einen Moment lang die Augen und sah Sarah direkt und zum Greifen nahe vor sich … Sie lag auf seinem Bett! Er beugte sich über sie und streifte ihr zärtlich und rasch das lange Kleid vom Körper.

Sie sah ihn dabei an mit diesem Blick, wie heute schon einmal, in der Küchentür. Tim erkannte das Verlangen in ihren Augen und bemerkte ihre feucht schimmernden vollen Lippen. Dann sah er ihre kleinen, festen Brüste mit den steifen Nippeln, und das Verlangen überwältigte ihn endgültig. Er riss sich die Kleider vom Leib und stürzte sich zwischen Sarahs Schenkel, die sich wie von Zauberhand für ihn öffneten.

Tim betrachtete ihre hübsche kleine Möse und begann, sie dann zu lecken, bis Sarah Schreie ausstieß. Er spürte, wie ihre klatschnasse Muschi unter seinem Mund zuckte und Sarah einen ersten Höhepunkt hatte. Erst jetzt brachte Tim seinen erigierten Schwanz nah an ihre Öffnung.

Sarah hob das Becken und drängte ihm ihre lockende Scham entgegen. Und Tim drang in sie ein … An der Stelle riss er jedoch die Augen wieder auf, und sein Wunschtraum war abrupt zu Ende.

Ich werde verrückt! Sie macht mich verrückt! Wieso habe ich sie vorhin nicht vor ihrer Zimmertür geküsst? Tim, du bist ein Idiot! Sie hat doch nur darauf gewartet, schoss es ihm durch den Kopf.

Ohne lange nachzudenken, schnappte er sich den flauschigen Bademantel von seinem Bett und schlich dann hinaus zu Sarah in den Garten.

Sie wird sich schrecklich erkälten, die Nächte sind schon sehr kühl, dachte er dabei. *Ich werde sie in den Bademantel hüllen und dann die Treppe hochtragen in ihr Zimmer. Und dann werde ich sie unter die heiße Dusche stecken, ob es ihr nun passt oder nicht …*

Etwa zur selben Zeit beendete Flynn eine erste Tiefschlafphase und schwebte selig irgendwo zwischen Wiedereintauchen ins große Vergessen und vollends Erwachen. Die steinharte Erektion zwischen seinen Schenkeln sorgte für die entscheidende Wendung. Flynns Hand schob sich, vom Unterbewusstsein gelenkt, hinüber auf die andere Hälfte des Doppelbetts, auf der Suche nach Jasons warmem Körper.

Und dann war Flynn mit einem Schlag wach, er setzte sich im Bett auf, so sehr erschreckte ihn die leere Betthälfte.

Kurz darauf bemerkte er die dunklen Umrisse am Fenster. Er stand auf und gesellte sich zu Jason ans Fenster. Und so kam auch er in den Genuss des hübschen Anblicks.

»Sie wird sich höllisch erkälten!«, murrte er. »Lass uns zurück ins Bett gehen, sonst passiert uns dasselbe. Stell dir vor, ich müsste mit verstopfter Nase und nasaler Stimme erotische Geschichten vorlesen. Das wäre die reinste Lachnummer, und mein Ruf als Vorleser wäre ruiniert!«

»Sieht unsere kleine Freundin nicht wahnsinnig hübsch und sexy aus?«, fragte Jason, hörbar ergriffen.

Und in diesem Augenblick tauchte unten im Garten Tim neben Sarah auf. Er legte ihr etwas um die

Schultern, hob sie dann hoch und trug sie zurück ins Haus.

Flynn dirigierte Jason wortlos zum Bett zurück und versetzte ihm einen Stoß. Jason landete vergnügt kichernd zwischen den Kissen.

Nur kurze Zeit später kniete Tim vor Sarah in deren Zimmer. Sie stand da und blickte währenddessen auf ihn herunter, schweigend, aber sie lächelte.

Er sah sie hingerissen an, als sein Bademantel von ihren Schultern glitt und sie sich ein weiteres Mal in den Engel im weißen langen Kleid verwandelte, den er eben noch vor dem Erfrieren retten musste.

»Ich habe es sofort gewusst, als ich dich heute zum ersten Mal sah …«, er hielt inne und lauschte seiner vor Begierde heiseren Stimme nach, die ihn mehr verriet als seine Worte.

Ich bin ja von allen guten Geistern verlassen. Und ich muss aufpassen, was ich sage!, ermahnte er sich.

»Pssst«, machte Sarah in diesem Moment. Das war immerhin der erste Laut, den Tim von ihr hörte, seit er sie aus dem Garten heraufgeholt hatte.

Er schwieg, und sie begann zu reden, und irgendwie klang ihre Stimme ungeheuer zärtlich.

Kann das sein? Oder ist das hier bloß wieder ein neuerlicher Wunschtraum?, dachte Tim.

»Sag nichts, was du später doch nur bereust! Ich will dich momentan einfach nur spüren.« Sie lehnte sich nach vorne und an seine Schultern.

Das lockende Dreieck ihrer dunklen Scham unter dem dünnen Kleid befand sich jetzt direkt vor Tims

Gesicht. Und er konnte der Einladung nicht widerstehen.

Sarah warf den Kopf in den Nacken und stöhnte, als Tims Lippen und seine Zunge durch den Stoff hindurch auf zärtliche Erkundungstour gingen.

Dieses Stöhnen ließ Tim wiederum jegliche Zurückhaltung aufgeben. Mit beiden Händen schob er hastig das Kleidchen über ihre Knie nach oben und steckte seinen Kopf darunter.

Er konnte ihre Erregung jetzt auch riechen.

Sarahs Möse duftete nach purem Verlangen, der Geruch machte Tim wild. Er wollte auf der Stelle noch mehr hiervon haben und genießen, er wollte Sarah auf der Zunge spüren und schmecken.

Der Spalt zwischen ihren Schamlippen öffnete sich bereitwillig unter dem Druck von Tims vordrängender Zunge. Ein zärtliches Saugen und Lecken begann. Sarah stöhnte erneut leise auf.

Tim rauschte das Blut in den Ohren. Er wurde immer erregter und fuhr wieder und wieder mit der Spitze seiner Zunge über Sarahs Klitoris, die längst angeschwollen war und sich immer noch weiter aufrichtete.

»Du bist so nass, überall!«, raunte Tim zwischen Sarahs Schenkeln und unter ihrem Kleid hervor.

»Pssst! Nicht aufhören, mach einfach weiter, Tim, bitte!«

Eine eindeutige Aufforderung, und er gab ihr nur zu gerne nach.

Tims Gesicht war längst von einem feuchten Film benetzt, aber er konnte nicht genug bekommen von Sarahs Liebessäften. Er schob seine Zunge erneut tief hinein in ihre feuchte Mitte, und Sarahs lautes Seufzen belohnte Tim dafür. Aber dann schob sie plötzlich seinen Kopf mit beiden Händen von sich weg.

»Warte!«

Enttäuscht blickte er auf. Aber dann sah er, wie sie das Kleid langsam über die Schultern abwärtsgleiten ließ. Sarah stand jetzt völlig nackt vor Tim, seine Blicke huschten hungrig über ihren wunderschönen Körper.

Sie stieg aus dem Kleid heraus und kickte es mit einem Fuß zur Seite.

Tims Blicke glitten immer noch an ihrem mädchenhaften Körper auf und ab, er atmete schwer und wusste, dass er kurz davor war, sich rettungslos an diese Frau zu verlieren.

Da zog Sarah seinen Kopf aber bereits wieder an ihr lockendes Dreieck.

In dem Moment, in dem er ihren süßen Mösenduft erneut in die Nase bekam, setzte das Denken bei Tim konsequent aus. Seine Lippen fühlten sich heiß an, fast fiebrig, als sie von Sarahs Dreieck weiter nach oben wanderten. Seine Hände folgten den Lippen. Er wollte Sarahs Körper erkunden, mit all seinen Sinnen! Er wollte sie riechen, fühlen und schmecken, sie erobern und sich ihr gleichzeitig hingeben.

Tim bemerkte irgendwann Sarahs feine Gänsehaut unter seinen Fingerspitzen und ahnte, dass er und seine Zärtlichkeiten der Auslöser dafür waren. Sarah begehrte ihn ebenso sehr wie er sie.

Tim fasste nach ihren hübschen festen, runden Brüsten und massierte die beiden vorsichtig. Dann küsste und leckte er die großen bräunlichen Knospen mit seiner Zunge, ehe er sie zwischen die Lippen nahm.

Sarahs Nippel verwandelten sich in Tims Mund endgültig in zwei feste Perlen, und Sarah stöhnte wieder einmal laut vor Lust auf.

Tims Lippen wanderten schließlich weiter nach oben und trafen auf Sarahs Mund, dessen Form und Farbe ihn von der ersten Sekunde an fasziniert hatten.

Dieses Mädchen besaß tatsächlich *heiße Lippen*, die sich öffneten für Tims freche, neugierige Zunge.

Sie küssten sich eine Weile voller Begehren und Zärtlichkeit.

Mittendrin legten sich Sarahs Hände mit leichtem Druck auf die Beule in Tims Hose und massierten sie. Er spürte, wie sein Schwanz sich aufbäumte, und wollte ihn zu gerne herausholen. Sarah kam ihm jedoch zuvor.

Tim hörte zuerst nur das leise Ziepen des Reißverschlusses, dann spürte er Sarahs Hand auch schon oben auf seinem pulsierenden Glied.

»Verdammt, ich muss diese Hose loswerden, sofort!« Er stöhnte verzweifelt, weil es ihm nicht schnell genug ging.

Sie lachte leise und half ihm dabei, zuerst das Hemd und dann die knapp sitzenden Jeans abzustreifen. Dazu kniete Sarah dieses Mal vor ihm nieder. Im nächsten Moment schoben sich ihre Lippen über Tims feuchte geschwollene Eichel. Seine Erektion wurde noch härter, und sein Schwanz begann zu zucken. Tim seufzte unterdrückt, seine Lenden zogen sich sekundenlang fast schon schmerzhaft zusammen.

Plötzlich überfiel ihn nackte Panik: *Was, wenn ich gleich abspritze? Ich bin dermaßen spitz, und das letzte Mal ist ein ganzes Weilchen her, vielleicht kann ich mich nicht beherrschen … Mein Gott, ich darf und will mich nicht blamieren!*

Und dieses Mal war es Tim, der Sarah zurückschob.

»Warte, lass uns unter der heißen Dusche weitermachen. Ich bin ja nur in den Garten gekommen, um dich ins Haus zu holen und zu verhindern, dass du dich erkältest.«

»Tim Sander, Sie sind ein Lügner! Leider aber auch ein ziemlich schlechter.«

Sie lachte gurrend, als er sie hochhob und hinüber ins Badezimmer trug, wo er sie in die Duschkabine schob, dann selbst hinterhersprang und sofort den Wasserhahn voll aufdrehte.

Als Tim sie jetzt erneut in seine Arme riss, löste Sarah sich vor Verlangen fast auf. Das erregende Ziehen tief im Becken und die Nässe in der Muschi überwältigten sie. Sie begehrte Tim wahnsinnig, und sie wollte seinen Schwanz tief in sich spüren. Sie hatte so eine verdammte Lust auf heißen Sex mit diesem Kerl, und sie wollte es jetzt, sofort!

Aber heute ist es noch zu früh! Ich muss an Jasons Dreier-Regel denken. Das hier soll ein Vorspiel bleiben, zum Heißmachen. Ich muss mit dem letzten Schritt bis morgen warten, sagte sie sich.

Bis zur Abreise Montag früh blieben ihr dann noch drei Nächte. So konnte sie nichts falsch machen. Sie wusste ja, wie Männer sind. Wenn man sie zu schnell schon ranließ, ging es womöglich auch schnell vorüber.

Dabei könnte es vielleicht was Richtiges werden. Sollte er doch zappeln und jagen!

Sie spürte die Härte von Tims wunderbarem Schwanz, der sich soeben einen Weg in ihr feuchtes Dreieck zu bahnen versuchte … Da gab Sarah nach, sie kapitulierte einfach vor ihrem überwältigenden Verlangen.

»Ja, fick mich, Tim, mach mich heiß!«

In diesem Augenblick brach das Chaos in *Duncan's House* aus!

Aus der Dusche schoss ein kräftiger Schwall eiskalten Wassers direkt auf Tim und Sarah herunter. Sie schrie laut auf vor Schreck und hechtete blitzschnell aus Tims Armen und aus der Kabine.

Tim gelang es noch, den Wasserhahn zuzudrehen, ehe er Sarah fluchend folgte, die sich gerade in ein großes flauschiges Badetuch wickelte.

Er sah ihre bläulich schimmernden Lippen und hörte ihr Zähneklappern. Die erotische Verzauberung dieser Nacht war dahin, sie verschwand soeben mitsamt dem eiskalten Duschwasser gurgelnd durch den Abfluss.

Und es sollte sogar noch schlimmer kommen …

Durchs ganze Haus fegte jetzt ein heftiger heulender Windstoß. Im Flur fielen Gegenstände polternd aus den Regalen und von den Wänden herunter. Irgendwo in *Duncan's House* schlugen Türen, und Fenster klapperten, selbst das Dach ächzte und stöhnte gespenstisch.

Das Intermezzo dauerte alles in allem nicht einmal eine Minute, fühlte sich aber wie eine halbe Ewigkeit an.

9

Sarah stand in der kleinen Küche und bereitete Pfannkuchen zum Frühstück vor. Dazu würde es Apfelmus und Pflaumenkompott und englischen Tee mit viel Milch geben.

Im Haus war es ruhig und friedlich. Draußen im Garten schien eine milchige herbstliche Sonne durch das bunte Laub der Bäume, allerdings war es so früh am Morgen noch reichlich frisch. Silberweißer Raureif bedeckte den Rasen und schimmerte im morgendlichen Licht.

Sarah fühlte sich im Vergleich zu den letzten paar Wochen in Berlin geradezu himmlisch wohl in ihrer Haut. Nach dem nächtlichen Spektakel war sie sogar überraschend schnell eingeschlafen und hatte gut und vor allem traumlos durchgeschlafen, bis der Wecker klingelte. Sie war als Erste im Haus geduscht und angezogen und stand längst in der Küche, ehe die anderen auch nur aus den warmen Betten schlüpften.

Jason tauchte als Nächster auf. Er kam auf Zehenspitzen zu Sarah in die Küche, die am Tisch vor dem Fenster stand und den Pfannkuchenteig anrührte.

Jason schlich sich vorsichtig von hinten heran, er wollte sie gerade sanft auf den Nacken küssen, aber sie überraschte ihn mit ihrer Hellhörigkeit.

»Jason, lass das! Ich arbeite.«

Er gab ihr trotzdem einen raschen Kuss seitlich auf den Hals.

»Was sagst du denn zu den Ereignissen der letzten Nacht, Süße?«, wollte er nun von Sarah wissen. »Ich konnte es kaum fassen, als urplötzlich das Spektakel losging. Arthur hat mir gerade draußen auf dem Flur erzählt, er sei mittendrin ins Treppenhaus gerannt und habe versucht, der Sache auf den Grund zu gehen.«

»Und, ist es ihm gelungen? Hat er den bösen Störenfried in flagranti ertappt?« Sarah musste lachen, sie glaubte nach wie vor, dass der Nachtwind plötzlich aufgefrischt hatte und wegen eines offen stehenden Fensters durchs Haus hatte wirbeln können. Diese alten englischen Landhäuser waren zwar wunderschön, aber eben auch sprichwörtlich zugig, man holte sich deswegen auch gerne mal Frostbeulen in den Räumen.

»Er behauptete, er hätte eine schemenhafte Gestalt am Ende des Flurs im oberen Stockwerk gesehen. Und als er auf die Erscheinung zugestürmt ist, hat sie sich vor seinen Augen angeblich in Luft aufgelöst …«

»Sagt Arthur?«

Sarah schüttelte den Kopf und verdrehte vielsagend die Augen, ohne dabei das Rühren des Teiges zu unterbrechen. Am Ende bildeten sich noch Klümpchen darin, bloß wegen Arthurs angeblichem Poltergeist. Der Hausherr unterhielt ja gerne mal seine Gäste mit humorvollen Anekdoten solcher und ähnlicher Art. Die Geschichte von letzter Nacht würde sich da gut einfügen.

»Sagt Arthur!«, bestätigte Jason lachend. Dann beugte er sich über Sarahs Schulter und tauchte blitzschnell einen Zeigefinger in die goldgelbe Teigmasse, in der sie mit dem Kochlöffel immer noch kräftig herumrührte. Ehe sie reagieren und Jason einen Klaps auf die Hand versetzen konnte, leckte der bereits genüsslich seinen Finger ab. Die andere Hand hatte er unterdessen frech auf Sarahs Hinterteil platziert.

»Finger weg, sonst …!«

Die Küchentür klappte hinter ihnen, und jemand kam herein. Ihn wiederum erkannte Sarah sofort an seiner Stimme.

»Guten Morgen!«, sagte Tim. »Was ist denn hier los? Störe ich etwa?«

Jason nahm die Hand von Sarahs Po und trat einen Schritt zurück, dabei lachte er spöttisch.

»Wünsche, wohl geruht zu haben, der Herr! Was sagst *du* denn zu unserem angeblichen nächtlichen Poltergeist, Tim? Ganz schönes Spektakel, was? Flynn konnte hinterher ein ganzes Weilchen nicht mehr einschlafen. Der Junge hat so eine blühende Phantasie. Jetzt hat er sich glatt in den Kopf gesetzt, Nachforschungen über das alte Gemäuer und seine ehemaligen Besitzer anzustellen, um anschließend ein Buch darüber zu schreiben. *Der Geist von Duncan's House!* Wie findet ihr das?«

Jason ging mit federnden Schritten zum Fenster hinüber, das auf den Garten hinausging. »Es könnte auch einfach der Wind gewesen sein heute Nacht, und kein durchgedrehter Poltergeist. Da war vermutlich irgendwo im Haus ein Fenster offen, es entstand kräftige Zugluft, und so hat es eben gespukt.«

Tim näherte sich Sarah leise wie auf Samtpfoten. Sie

spürte sein Kommen im Rücken, und die feinen blonden Härchen auf ihren Armen richteten sich spontan auf. Als Nächstes bemerkte sie ein leichtes Pochen zwischen den Schenkeln und das Anschwellen ihrer Klitoris, und beides wiederum irritierte sie so sehr, dass sie beinahe den Teig gesalzen hätte.

Tim riss ihr den Salzstreuer in letzter Sekunde aus der Hand, indem er hastig um Sarah herumlangte und ihr in den Arm fiel. Sein heißer Atem kitzelte sie im Nacken und löste eine mittelschwere Hitzewallung aus. Außerdem meldeten sich die Schmetterlinge im Bauch zu einem morgendlichen Hochzeitsflug.

»Ich vermute mal, das gehört hier eher nicht rein, oder doch?«

Tim lachte amüsiert und küsste Sarah dann zärtlich aufs linke Ohrläppchen, das plötzlich – ebenso wie ihre Wangen – vor Verlegenheit glühte.

»Ihr beiden macht mich noch völlig verrückt mit dieser blöden Geistergeschichte!«, schimpfte sie los. »Raus mit euch, auf der Stelle. Ich bringe die Pfannkuchen gleich rüber ins Kaminzimmer. Tim, hier, du nimmst die Teekanne. Und du, Jason, das Milchkännchen und die Zuckerdose dort drüben auf der Anrichte. Danke euch, ihr Lieben, wir sehen uns am Frühstückstisch. Und Abmarsch!«

Das burschikose Ablenkungsmanöver glückte, die beiden Männer gehorchten wortlos und verschwanden.

Kaum alleine in der Küche, lehnte sich Sarah einen Moment lang an den Tisch und schloss die Augen, um sich wieder zu sammeln. Ihr Atem flog, ihr Puls hämmerte, und in ihren Ohren rauschte es. Sie spürte noch immer Tims heiße Lippen an ihrem Ohr und hörte sein begehrliches Raunen.

Und zwischen Sarahs Schenkeln brach bei dem bloßen Gedanken an Tims überwältigende körperliche Präsenz und an das zärtliche Vibrieren in seiner Stimme bereits wieder ein glühender Vulkan aus. Sie begehrte diesen Mann so sehr, dass es schon beinahe weh tat. Zum Glück schmerzte es nicht im Herzen, aber zwischen den Beinen spürte sie ein ziehendes Verlangen, das einen glatt verrückt machen konnte. Wie sollte man denn da kochen können? Kein Wunder, dass sie beinahe den Teig versalzen hätte!

Sie griff nach dem nächstbesten Kochlöffel. Der hölzerne Stiel lag schön rund und hart in der Hand, aber leider war er viel zu dünn, um einen wirklich guten Dildo abzugeben. Dennoch geriet Sarah einen Moment lang in Versuchung, sich den unschuldigen Kochlöffel zwischen die Schenkel zu stecken. Ihn ins Höschen zu schieben und dann weiter zwischen die Schamlippen … Und schließlich in der Ritze auf und ab fahren mit dem Teil, dabei immer hübsch über die längst angeschwollene Perle hinwegwandern, und das alles unter sanftem Druck … Die kleine lustvolle Übung ließe sich so lange wiederholen, bis die pochenden Lustgefühle die ohnehin schon feuchte Muschi überfluteten. Und dann – im letzten erlösenden Schritt – konnte man den Stiel auch noch einführen und ihn tief im Zentrum der Lust drehen und drehen, bis sich sämtliche Muskeln dort drinnen um das hölzerne Teil schmiegten und endlich der erlösende Höhepunkt einsetzte …

Sarahs Atem beschleunigte sich, während sie sich

dieses Geschehen in sinnlichen Details ausmalte. Allerdings wagte sie nicht, es tatsächlich hier in der Küche auch zu tun.

Sie unterdrückte ein lustvolles Stöhnen, als ihre Muschi plötzlich auf die bloße Phantasieszene dennoch mit einer echten Explosion reagierte.

Der spontane Orgasmus überraschte Sarah, und ihre Beine begannen zu zittern, und sie musste sich für einen Moment an der Tischkante festhalten.

Als es vorüber war, atmete Sarah zweimal tief durch und überprüfte dann, als wäre nichts geschehen, den Pfannkuchenteig. Sie rührte die Teigmasse noch einmal kräftig durch, hob den Löffel aus der Schüssel und beobachtete, wie die goldgelbe Rührmasse von dem Löffel sämig in die Porzellanschüssel tropfte.

Ein Stockwerk höher wurde Lynn jetzt allmählich auch wach. Zuerst erinnerte sie sich an gar nichts, aber dann fiel ihr verschlafener Blick auf die leere Champagnerflasche auf dem Nachttisch und die beiden benutzten Gläser. Außerdem lag da eine reichlich neckisch aussehende Augenlarve, deren Sinn und Zweck sich der nur langsam wach werdenden Lynn zunächst noch verschloss. Aber dann dämmerte ihr allmählich wieder, was in der letzten Nacht hier im Zimmer geschehen war. Das kleine illustre Stillleben auf dem Nachttisch ließ gewisse Rückschlüsse auf ein verruchtes kleines Abenteuer zu.

Lynn kicherte vergnügt. Und ihr Erinnerungsvermögen war schlagartig wieder da. Sie schielte vorsichtig über den Bettrand und sah nun auch die knallroten

High Heels auf dem Boden liegen. Die Dinger waren ja weder bequem noch vernünftig, dafür aber hatten sie höllisch scharf an Lynns netzbestrumpften Füßen ausgesehen.

Apropos Netzstrümpfe … Sie langte vorsichtig unter die Bettdecke und betastete ihren nackten Körper, bis hinunter zu den Beinen.

Ich habe ewig schon nicht mehr ganz nackt geschlafen … Lynn kicherte dieses Mal fast schon verschämt. *Na ja, immerhin trage ich ja die ganze Zeit diese geilen Fischnetzdinger an den Beinen. Ganz nackt war und bin ich also nicht … Arthur hat mich in der Nacht sogar mehrmals zärtlich »Meine kleine Nixe« gerufen, während er mich gefickt hat. So hat er mich noch nie genannt, aber es hat mir schon gefallen, hat mich geil gemacht. So geil, dass ich tatsächlich verdammt schnell gekommen bin und Arthur damit überrascht habe. Er mag es, wenn ich so abgehe. Früher ist mir das ja öfter passiert, aber in letzter Zeit nicht mehr. Himmel, es hat mir so gutgetan, ich fühle mich wie neugeboren, dabei muss ich doch fast die ganze Flasche Champagner alleine ausgetrunken haben!*, erinnerte sich Lynn.

Lynn räkelte sich genüsslich unter der Bettdecke und lachte. Arthur war da letzte Nacht wirklich eine nette Überraschung gelungen, mit der sie nie im Leben gerechnet hätte.

Ein bisschen frivol vielleicht, das Ganze, und sicherlich auch ein wenig kostspielig. Aber es zeigte, dass Arthur viel daran gelegen war, dass ihr gemeinsames Liebesleben wieder einmal so richtig in Schwung kam.

Wie er vor Begierde gekeucht hatte letzte Nacht, als

er Lynn diese hübschen Handschellen anlegte und sie gleich darauf auch noch am Bettpfosten festband, die gefesselten Hände hoch über dem Kopf!

Lynn war seinen hungrigen Blicken dabei die ganze Zeit über schutzlos ausgeliefert gewesen, und alleine das hatte sie selbst über alle Maßen erregt.

Sie hatte freiwillig ihre Beine in den Netzstrümpfen extra weit gespreizt und Arthur sogar noch angefeuert. Bis er es schließlich wagte und mit dem Stiel der neuen Lederpeitsche Lynns geschwollene Schamlippen öffnete und ihre klatschnasse Muschi so lange reizte, bis die Klitoris sich unter der Stimulation aufrichtete.

Vorher hatte Arthur ihr noch die geilen roten High Heels übergestreift, und dabei hatte er ununterbrochen so schmutzige kleine Sachen gemurmelt.

Absolut erregend fand Lynn später auch den Umstand, dass sie selbst nichts mehr sehen konnte, während Arthur alle möglichen Sachen mit ihr anstellte. Sie trug nämlich auch noch die neue Augenlarve, deren Sehschlitze Lynns Mann vorsorglich von innen mit schwarzem Filz zugeklebt hatte. Sie konnte nur hören und fühlen und riechen und schmecken.

Lynn fühlte sich in dieser ausgelieferten Situation wahnsinnig erregt. Und weil sie Arthur vertraute, blieb sie zugleich entspannt und locker.

Ihre Muschi war ganz weich und offen gewesen, hatte geradezu danach gelechzt, endlich penetriert und so richtig weit gedehnt zu werden.

Als Arthur den Peitschenstiel dann einführte und auch noch langsam einige Male herumdrehte in Lynns klaffendem Loch, da war sie fast verrückt geworden vor

Geilheit und Lust. Sie hätte sich sicher nicht zurückhalten können und das ganze Haus aufgeweckt mit ihren spitzen Schreien. Aber Arthur hatte wirklich an alles gedacht und Lynn vorher auch noch mit einem weichen Tuch geknebelt, ehe er richtig mit ihr loslegte. So konnte sie sich nur aufbäumen im Bett und ihr Becken nach oben stoßen, dem Peitschenstiel entgegen, der von Arthur immer wieder ein Stückchen herausgezogen wurde, wohl um sie ein bisschen zu quälen.

Sie stand während des gesamten Fick-Spiels einige Male ganz kurz vor der Explosion, tief in ihrem Becken und auch in der Muschi zog sich bereits alles zusammen. Das Ziehen im Unterleib wurde zusehends drängender, bis Lynn der Schweiß am ganzen Körper ausbrach, ihr Puls hämmerte und die Halsschlagader pulsierte. Aber Arthur gönnte ihr noch keine Erlösung!

Immer wieder zog er den Peitschenstiel heraus, wartete dann sekundenlang, während Lynn hilflos vor Verlangen wimmerte, und strich schließlich aufreizend langsam mit dem Lederteil von oben nach unten durch ihre weit klaffende Spalte und schob den breiten runden Stiel dann ein winziges Stückchen erneut hinein.

Lynn bäumte sich schließlich vor lauter Ungeduld auf und stieß ihr Becken dem Eindringling entgegen, aber da wurde ihr der lederne Dildo auch schon wieder genommen.

In ihrer übersprudelnden Muschi explodierten immer wieder kleine Lustherde, die ganz große Entladung fand jedoch immer noch nicht statt.

Lynn winselte lauter nach Erlösung. In diesem Moment warf sich Arthur zwischen ihre Schenkel. Er drang rasch und tief in Lynn ein, mitten hinein in ihre vibrierende Nässe. Dann legte Arthur richtig los, er stieß mit schnellen, harten Stößen in Lynns schmatzendes Loch, und sie wand sich dabei vor schierer Lust auf dem Bett.

Weil sie so geil war und ohnehin so kurz vor dem Orgasmus stand, brauchte es nur wenige Stöße, und Lynns Möse explodierte freudig und in einer einzigen langgezogenen Welle.

Tief in ihr drinnen zogen sich sämtliche Muskeln rhythmisch zusammen und massierten dabei immer wieder Arthurs steifen Schwanz. Arthur keuchte und stöhnte vor lustvoller Überraschung. Eine derartig geile Lustmassage war ihm schon lange nicht mehr vergönnt gewesen.

Als Arthur sich in Lynn ergossen hatte, brach er erschöpft auf Lynn zusammen.

Eine Weile hatten sie dann einfach so dagelegen, zufrieden und glücklich.

Und nur wenig später war dann das nächtliche Chaos in *Duncan's House* ausgebrochen. Arthur erschrak fürchterlich und nahm aber erst mal Lynn die Handfesseln und den Knebel ab. Die Augenlarve riss sie sich selbst herunter. Dann sprang er aus dem Bett.

Lynn setzte sich auf und merkte dabei, wie wund sie zwischen den Schenkeln war. Allerdings machte ihr das nichts aus, ganz im Gegenteil. War es doch der spürbare Beweis dafür, dass sie endlich wieder einmal so richtig hart rangenommen worden war. Sie fühlte sich momentan herrlich befriedigt und ganz Frau. Was war im Vergleich dazu schon eine wunde Möse?

Als Arthur von seinem Inspektionsrundgang durchs Haus zurückgekommen war, setzte er sich neben Lynn aufs Bett.

»Du wirst es nicht glauben, Schatz! Aber ich habe da was Komisches gesehen. Da war so eine halb durchscheinende Schattengestalt am Ende des Flurs. Nicht Mensch, nicht Geist, irgendwas dazwischen. Es war wie eine Nebelwand, die Gestalt angenommen hatte und sich nach kurzer Zeit einfach wieder in Luft aufgelöst hat …«

Lynn starrte ihren Mann an, sagte aber nichts.

Und dann erzählte ihr Arthur noch von seinem zufälligen Treffen mit Pastor Cumberland und von dem Skelettfund.

»Ach so«, sagte Lynn und lachte. »Du alter Geschichtenerzähler! Das Skelett hat deine Phantasie wach geküsst. Komm her, Bärchen, jetzt bin ich dran mit Küssen.«

Im Haus war es längst wieder nächtlich still und friedlich. Arthur fragte sie nach einem Weilchen, ob sie noch Champagner wolle, was sie bejahte. Er schenkte ein. Lynn trank ihr Glas in einem einzigen Zug leer. Der fürsorgliche Arthur bot ihr gleich noch ein zweites an. Hinterher fühlte Lynn sich prompt beschwipst und reichlich übermütig, und Lust auf Sex verspürte sie auch schon wieder.

»Nimm die Peitsche, Arthur! Ich bin ein böses Mädchen, ich brauche eine kleine Bestrafung!«

»Dreh dich auf den Bauch!«, befahl Arthur mit funkelnden Augen.

Lynn warf sich im Bett herum. Kaum spürte sie den

Druck der harten Matratze an ihrer Scham, da öffnete Lynn auch die Schenkel wieder ganz weit. Ihre Erregung stieg bereits wieder in schwindelerregende Höhen.

Der Anblick ihres nackten Hinterteils erweckte wiederum Arthurs brennende Begierde. Er schob den Peitschenstiel vorsichtig in die Ritze zwischen Lynns Pobacken und drückte dann von außen sanft gegen ihren verborgenen Anus.

Lynn stöhnte und forderte: »Fester! Und dann schlag mich!«

Er holte den Peitschenstiel aus ihrer Poritze, dann hörte Lynn auch schon ein scharfes Sausen in der Luft. Gleich darauf klatschten die ledernen Riemen der Peitsche auf ihre nackten Pobacken.

Lynn stöhnte auf vor Schmerz und gleichzeitiger Lust.

So fühlt sich das also an, dachte sie und fragte sich gleichzeitig: *Will ich mehr davon? Wie viel Schmerz verträgt meine Lust?*

Allerdings war es jetzt schlagartig vorbei mit Arthurs Kräften, und auch Lynn war auf einmal müde.

»Lass uns morgen Nacht weiterspielen!«, schlug Arthur gähnend vor.

»Gute Idee, Bärchen! Ich liebe dich. Schlaf gut.«

Jeder drehte sich auf seiner Seite des Bettes um, und kurz darauf schliefen Arthur und Lynn auch schon tief und fest.

10

Claire trug die silberblonden Haare raffiniert hochgesteckt, sie war dezent geschminkt und elegant gekleidet. Die hübschen goldenen Ohrringe in Kreolenform standen ihr ausnehmend gut.

Die Skandalautorin aus Schottland entpuppte sich als eine blitzgescheite und auffallend schöne Frau. Ihr tatsächliches Alter wusste sie geschickt zu verbergen, in jeder Hinsicht.

Nur Lynn und Arthur kannten ihr Geburtsdatum, weil sie eine Kopie von Claires Ausweis im Büro und dort wiederum im Gästeordner mit den Anmeldungen aufbewahrten. Claire war vor kurzem sechzig geworden, aber das sah man ihr tatsächlich nicht an.

Arthur dachte, als er sie jetzt so vor dem Kamin sitzen sah, dass Claire in jungen Jahren absolut hinreißend und einfach unwiderstehlich gewesen sein musste, was wiederum die unglaublich hohe Zahl ihrer angeblichen Liebhaber erklärte.

Lynn hingegen fieberte in diesem Moment dem Beginn der ersten abendlichen Lesung am Kamin entgegen, denn sie war wahnsinnig neugierig auf die gesammelten frivolen Abenteuer dieser interessanten Frau.

Es war Claires Wunsch gewesen, an diesem Freitagabend aus ihren erst kürzlich erschienenen Memoiren vorzulesen. Weder Flynn noch jemand anderer aus der inzwischen vollzählig versammelten Gästeschar hatte etwas dagegen einzuwenden gehabt. Sie waren auch brav alle zur Lesung erschienen: Ben und Lizzy, die Filmemacher aus Kalifornien.

Desmond und Sue, das Lehrerehepaar aus London.

Jason und Flynn, der durch Claires vorpreschenden Eifer momentan als Vorleser arbeitslos war und nicht wusste, ob ihm das nun gefiel oder nicht.

Sogar Bill und Betty waren pünktlich in *Duncan's House* eingetroffen, um an dem literarischen Ereignis teilzuhaben.

Tim hatte es sich auf dem bequemen Sofa in der Nähe der Zimmertür bequem gemacht. Von hier aus konnte er alles und jeden beobachten und dennoch zu gegebener Zeit den Raum diskret verlassen, falls ihm danach war. Insgeheim hoffte Tim, diese Nacht mehr Glück zu haben und das so jäh unterbrochene Abenteuer in Sarahs Dusche fortsetzen zu können. Gestern Nacht hatte sie ihn gebeten zu gehen und sie allein zu lassen, nachdem das Lärm-Spektakel vorüber war. Sarah hatte gemeint, sie sei hundemüde und knabbere obendrein noch an den Folgen einer Trennung und wisse auch gar nicht, was heute Abend in sie gefahren war, sie finde ihn sehr nett, o ja, das schon, aber sie brauche eben noch ein wenig Zeit, außerdem müsse sie am nächsten Morgen früh aufstehen und diverse Vorbereitungen für die Menüs treffen.

Und tatsächlich hatte Sarah heute Mittag die Gäste

des Hauses mit einem köstlichen Thaicurry mit Huhn verwöhnt. Tims Appetit meldete sich prompt zurück beim bloßen Gedanken an diese Gaumenfreude … Und zu allem Überfluss war die zugehörige Köchin auch noch appetitanregend sexy! Wenn er die Augen schloss, konnte Tim sie wieder in ihrem durchsichtigen Kleidchen draußen im Mondschein tanzen sehen.

Welcher Mann konnte so einem in jeder Hinsicht *scharfen* Mädchen widerstehen? Er konnte es jedenfalls nicht, und er bemühte sich auch gar nicht erst darum. Er wollte Sarah erobern, koste es, was es wolle …

Sarah huschte gerade noch rechtzeitig zu Beginn von Claires Lesung ins Kaminzimmer. Bis eben noch war sie in der Küche vollauf beschäftigt gewesen, aber die Lesung dieser tollen Lady aus den schottischen Highlands wollte sie sich auf keinen Fall entgehen lassen.

Sarah nahm auf einem Stuhl neben der Tür Platz und nickte Claire zu. Diese bedachte das nun vollständig versammelte und sichtlich erwartungsvolle Publikum mit einem zufriedenen Blick, räusperte sich einmal dezent und setzte sich im Ohrensessel vor dem flackernden Kaminfeuer aufrecht hin. Jetzt erst schlug sie das Buch auf, das in ihrem Schoß lag.

Mit sanfter Stimme begann sie zu lesen …

»Ich saß an meinem Schreibtisch und arbeitete an einem neuen Manuskript, als leise die Tür aufging und Phil hereinkam. Ich war dermaßen versunken und konzentriert, dass ich ihn erst bemerkte, als er bereits neben mir stand. Mein Blick fiel nicht zuerst auf sein Gesicht, wie es sich sicherlich gehört hätte zur Begrüßung, sondern ... nun ja ... auf die höchst interessante Ausbuchtung vorn in seiner Tweedhose.

Mir war bei dem anregenden Anblick natürlich sofort klar, warum Phil mich ohne Voranmeldung aufsuchte, mich mit seinem plötzlichen Erscheinen geradezu überrumpelte. Der Schlingel wusste genau, was er wollte! Er hatte vor, mich nach allen Regeln der Kunst zu vernaschen.

Und um es noch deutlicher auszudrücken: Phil war gekommen, um mich zu ficken.

Ich wusste, dass es ihm nicht um Liebe ging, um große Gefühle. Ihm wie mir ging es um Sex, um möglichst schmutzigen Sex.

Letzte Nacht auf dem Fest waren wir uns bereits ziemlich nahegekommen. Phil hatte mich in eine dunkle Ecke gezogen, unter dem Rock meines Abendkleides schamlos befingert und dabei wild geküsst.

Ich war unter seinen harten Fingern klatschnass geworden und dann sogar gekommen, nachdem Phil mir gleich drei auf einmal in die Möse geschoben hatte.

Ehe ich mich allerdings bei ihm revanchieren konnte, waren wir gestört worden und sind auseinandergestoben wie zwei aufgescheuchte Hühner.

Phils Verlobte hatte nach ihm gesucht. Sie warf mir einen vernichtenden Blick zu, die blöde Gans. Anstatt mich zu beschimpfen, wie ich es an ihrer Stelle getan hätte. Aber die Dame ist adlig, das erklärt vielleicht einiges, wenn auch nicht alles. Dorothy jedenfalls muss es klar gewesen sein, was sich zwischen ihrem Verlobten und mir gerade abgespielt hatte. Ich meine, so etwas sieht man einfach. Und zur Not riecht man es auch, jedenfalls auf kurze Entfernung.

Nun beugte Phil sich zu mir herunter und presste seine wie im Fieber glühenden Lippen begehrlich auf meinen Mund.

›Ich arbeite an einem Manuskript!‹, nuschelte ich irgendwie während des Kusses.

Er hörte kurz auf. ›Na und? Das kann warten. Ich will dich ficken, Claire. Ich werde sonst verrückt!‹

Was soll ich sagen: Die Arbeit am neuen Buch erschien mir plötzlich vergleichsweise unwichtig, zumindest aufschiebbar. Zudem war es ja gerade meine Absicht gewesen, über heißen Sex und wilde Ausschweifungen zu berichten und mein Image als junge Skandalautorin weiter auszubauen und zu pflegen. Was also lag näher, als gleich zu Beginn des neuen Buches in der Praxis genau das zu tun, was später auf dem Papier nachzulesen sein würde?

Ich küsste Phil. Dabei steckte ich ihm dieses Mal meine Zunge tief in den Schlund. Wir spielten ein Weilchen wildes Zungenficken. Dabei steigerten wir uns immer mehr in eine Art von sinnlichem Rausch hinein.

Schließlich griff ich auch noch mit einer Hand nach der dicken Beule vorn in Phils Hose. Ich fing an, die Ausbuchtung durch den Stoff hindurch gekonnt zu massieren. Mein beherzter Vorstoß zeigte sofortige Wirkung.

Phil seufzte voller lustvollem Behagen. Und die Beule wurde jetzt erst richtig groß und steinhart.

Unter dem beherzten Einsatz meiner rechten Hand wuchs Phils Erektion immer weiter. Mir wurde klar, welch prachtvolles Gerät dieser Mann besaß.

Meine Möse begann, voller Vorfreude heftig zu pulsieren.

Und ich gestehe es an dieser Stelle auch gerne ein: Ich liebte und ich liebe es noch, dermaßen leidenschaftlich von einem Mann begehrt zu werden.

Phils stattliche Erektion an jenem Tag im Mai zeigte mir mit aller Deutlichkeit, dieser Mann begehrte mich über alle Maßen …

Mit zwei Fingern fuhr ich langsam links und rechts außen an seinem Schwanz auf und ab. Ich spürte genüsslich der länglichen Form, ihrer Härte nach. Und ich freute mich diebisch, als der Schwanz unter meinen Händen immer größer und härter wurde.

Und bald schon, sehr bald, würde ich seine Härte tief in meiner feuchten, pochenden Möse spüren. Ich konnte es kaum mehr erwarten, bis Phil mich endlich nehmen würde.

Mittlerweile war auch noch der letzte Rest Arbeitswut von mir abgefallen und die allerletzten Überreste anerzogener etwaiger Skrupel.

Ich war mehr als bereit dazu, Phil alles, wirklich alles von mir zu geben und im Gegenzug alles und wirklich alles von ihm zu empfangen! Ich fieberte dem Augenblick entgegen, in dem er mich endlich von meiner Kleidung befreite.«

Claire sah an dieser Stelle vom Text auf und lächelte in die Runde der gespannt lauschenden Gäste. Sie klappte das Buch in ihrem Schoß zu und sagte: »Zeit für eine kleine Pause und ein Gläschen Sherry, meine Lieben!«

Tim hätte die charmante Lady am liebsten geküsst!

Claire verschaffte ihm soeben Zeit und Gelegenheit, um Sarahs Verführung wenigstens ein klitzekleines Schrittchen näherzukommen. Die junge Köchin saß zwar ganz in Tims Nähe auf ihrem Stuhl, aber bis jetzt hatte Sarah nur Augen und Ohren für Claire gehabt.

»Wir wär's mit einem Schluck Weißwein, hübsch gekühlt?«

Sarah begegnete Tims fragendem Blick. »Gerne! In der Küche war es heiß nach dem Backen, ich glühe noch richtig.«

Sie wusste genau, dass ihr wegen Tims Nähe heiß war, deshalb waren ihre Wangen und die Stirn gerötet, und darauf spielte Tim wohl gerade an, der freche Kerl! Der heiße Backofen war allemal eine unschlagbar gute Ausrede.

»Bin gleich wieder da. Und tu mir doch bitte den Gefallen, und setz dich rüber aufs Sofa, um es inzwischen freizuhalten, ja?«

Tim wiederum wusste genau – keiner der anderen Gäste hätte den Platz gewechselt und einfach *sein* Sofa beschlagnahmt. Aber hier bot sich gerade eine günstige Gelegenheit, um das Spiel zu eröffnen, an dessen Ende hoffentlich die Eroberung der begehrten Trophäe stehen würde.

Sarah gehorchte tatsächlich, im nächsten Augenblick saß sie bereits dort, wo Tim sie von Anfang an hatte haben wollen. Von seinem Anfangserfolg ermutigt, ergriff er gleich noch eine andere Gelegenheit beim Schopf und näherte sich dem Ohrensessel, in dem Claire saß.

Der flackernde Feuerschein im offenen Kamin zauberte eine unbeschreibliche Anmut in Claires Gesicht, und sie sah aus, als könne ihr das Alter tatsächlich nicht das Geringste anhaben. Sie erinnerte Tim an die Statuen antiker griechischer Göttinnen, die vor Jahrtausenden in Marmor gemeißelt wurden und heutigen modernen Schönheitsidealen immer noch genügten.

»Ein wunderbares Buch, liebste Claire! Wir sind alle wahnsinnig gespannt, wie es gleich weitergehen wird mit dem feurigen Phil. Dies hier ist hoffentlich nur eine kleine Lesepause, nicht wahr? Ich hole Ihnen auch ein Gläschen Sherry, bleiben Sie ruhig sitzen. Vielleicht einen dieser köstlichen Schokoladen-Brownies dazu? Sarah hat am Nachmittag gebacken.«

Claire hob gekonnt eine sorgfältig gezupfte Augenbraue und musterte Tim sichtlich amüsiert von Kopf bis Fuß.

»Junger Mann, Ihre Stimme kenne ich von irgendwoher, da bin ich mir völlig sicher! Eine sehr schöne und ausdrucksstarke Stimme übrigens. Warm und erotisch zugleich. Helfen Sie mir mal aus der Verlegenheit, woher ich dieses Timbre bloß kenne? Ich zermartere mir sonst die ganze Nacht den Kopf über Sie …«

»Zuerst den Sherry, Claire!«

Dieses Mal lachte Claire ein leises rauchiges Lachen, das nach verruchtem Sex und nach reichlichem Whiskygenuss klang. Es war ein verführerisches Lachen, und Tim fiel prompt der Ruf wieder ein, der Claire folgte wie ein treuer Schatten. In gewissen Kreisen hieß es, die schöne Dame wäre immer noch äußerst interessiert an amourösen Abenteuern und empfinge auch immer noch gerne deutlich jüngere Liebhaber auf ihrem Schlösschen oben in Schottland … Tim entfloh jetzt lieber hinüber zum gedeckten Tisch mit den Erfrischungen und den gemütlich flackernden Kerzen.

Zum Glück unterhielt Claire sich angeregt mit Ben und Lizzy aus Kalifornien, als Tim bewaffnet mit Sherry und Schoko-Brownies zu ihr an den Kamin zurückkehrte. So brauchte er sich wenigstens nicht zu der verfänglichen Frage nach seiner Stimme zu äußern und konnte gleich wieder umkehren, nachdem er Claire versorgt hatte.

»Herzlichen Dank, junger Mann! Wir beide sprechen uns später noch, ja?«

Tim holte zwei Gläser Weißwein vom Tisch und schlenderte betont lässig zum Sofa hinüber, um dort seiner persönlichen *Versuchung* nahe zu sein.

Jason, der für die musikalische Umrahmung des Lese-Abends zuständig war, stimmte in diesem Moment auf dem Saxophon die ersten weichen, jazzig klingenden Töne an. *I Believe I Can Fly.*

Sarah sang den Refrain leise mit und schaute Tim dabei in die Augen, ehe sie eine Hand ausstreckte und ihm eins der beiden vollen Weingläser abnahm.

»Danke, ich habe einen Riesendurst.«

Und erst jetzt erreichte die Liedzeile auch Tims wachen Verstand. … *I Believe I Can Fly.*

»Ich würde jetzt tatsächlich nur zu gerne mit dir fliegen!«

Tim ließ sich ganz nah neben Sarah aufs samtrote Sofa sinken. Er roch ihren Duft und spürte die Wärme ihres Körpers und verdrängte darüber endgültig, wozu er eigentlich hierher nach *Duncan's House* gekommen war.

»Eins würde mich ja schon interessieren, Tim Sander! Warum sprechen dich die Leute bloß ständig auf deine Stimme an?«

Sarah lächelte ihn an, über den Rand ihres Weinglases hinweg. In ihren Augen stand ein Glitzern, das er nicht deuten konnte. Tim wusste nur, dass es ihn erregte und herausforderte.

Macht sie das absichtlich?, fragte er sich.

Sofort war Tim wachsam. Sarah musste gestern mitgehört haben, was dieser Musiker im Pub zu ihm gesagt hatte. Und Claires Bemerkung von eben war ihr wohl auch nicht entgangen. Er wollte sie nicht anlügen, aber für die volle Wahrheit war es dennoch eindeutig zu früh.

»Sie verwechseln mich wohl allesamt mit einem englischen Schauspieler oder auch einem Politiker, was weiß ich. Wusstest du, dass die eigene Stimme für einen selbst ziemlich anders klingt als für andere Menschen? Es ist also nur logisch, dass ich nicht wissen kann, nach wem ich klinge. Die Leute wissen es ja im Übrigen auch nicht, sie *glauben* nur, eine Ähnlichkeit herauszuhören, finden aber keinen passenden Namen dazu.«

Er widerstand der Versuchung, ihr einen Arm um die Schultern zu legen und Sarah enger an sich zu ziehen. Tim schmiegte jedoch seinen Schenkel mit sanftem Druck gegen Sarahs Bein.

Im nächsten Moment spürte er den Gegendruck. Sarahs Schenkel drängte sich eng an Tims. Prompt wurde ihm die Hose zu eng, und Tim traten Schweißperlchen auf die Stirn.

Sarah sang jetzt wieder leise mit zu den weichen Saxophonklängen, die Jasons Instrument ins Kaminzimmer schweben ließ wie schillernde Seifenblasen.

I Believe I Can Fly. Tim sah Jasons gierige Blicke, mit denen er Sarah geradezu verschlang.

Der Junge spielte wirklich unglaublich, er verstand es, mit seiner Musik zu bezaubern und zu verführen, das wurde Tim nun auch bewusst. Schlagartig war ihm klar, warum Flynn diese gelegentlichen Anfälle von rasender Eifersucht bekam.

Sarahs verklärter Gesichtsausdruck sprach Bände. Völlig überraschend spürte Tim jetzt selbst einen kurzen messerscharfen Stich, irgendwo zwischen Herz und Magen.

Er legte rasch den Arm um Sarahs Schultern und zog sie ganz nah heran, noch näher ging nicht. Er steckte seine Nase in ihr duftendes Haar. Und sofort überwältigte ihn wieder dieses unstillbare Verlangen.

»Ich bin verrückt nach dir, weißt du das?«, murmelte Tim.

Sarah seufzte leise und legte eine Hand auf seinen Oberschenkel. Nur ein kleines Stückchen unterhalb der Ausbuchtung, die Tim langsam mit ihrer Härte zu quälen begann. Er war sich sicher, dass Sarah die Beule längst bemerkt und ihre Hand absichtlich dorthin gelegt hatte.

»Lass uns fliegen! Auf und davon, raus aus diesem Zimmer …«, raunte Tim in Sarahs Ohr.

Sie nickte. »Gleich, gleich fliegen wir. Nur noch ein bisschen hier zuhören, ja?«

Und Tims Puls begann zu rasen.

Flynn hockte auf einem Sitzkissen nahe am Kamin in einem seidenen pflaumenfarbenen Hauspyjama und beobachtete seinerseits, wie Jason Sarah mit den Augen verschlang und Tim wiederum das ganz genau bemerkte.

Flynn verlagerte unruhig sein Körpergewicht von einer Pobacke auf die andere und nippte an seinem Whiskyglas. Und ihm entging es nicht, wie Jasons Blick jetzt auch noch den von Tim suchte. Dabei spielte Flynns Lover immer weiter auf seinem Saxophon, er spielte betörend, er zauberte Sinnlichkeit mit seiner Musik herbei.

Flynn ließ den Whisky langsam über die Zunge gleiten und dann die Kehle hinunterrinnen und beobachtete unverwandt, wie Jason sich immer mehr ins Zeug legte. Sein Körper wiegte sich dazu sanft im Takt der Musik. Jason schwang die Hüften, und manchmal ging er sogar in die Knie. Während der gesamten Vorstellung sah dieser unglaubliche Kerl auch noch verdammt gut aus!

Kein Wunder eigentlich, dass beide Geschlechter sich gleichermaßen von Jason Henson angezogen fühlen, dachte Flynn. Jason war der geborene Verführer, und im Augenblick war er dabei, wie es schien, gleichzeitig Sarah und Tim zu verführen.

Flynn ärgerte sich über den Anflug von Eifersucht, der ihn jetzt prompt wieder einmal heimsuchte und der immerhin intensiv genug ausfiel, um ihm womöglich den ganzen Rest dieses Abends zu verderben.

Flynn erhob sich von seinem Sitzkissen und schenkte sich drüben am Tisch einen weiteren doppelten Whisky pur ein. Er fühlte sich dabei beobachtet und schaute auf, direkt in Jasons Augen. Die Zärtlichkeit und das Begehren darin warfen Flynn augenblicklich um. Er musste rasch einen großen Schluck Whisky zu sich nehmen, um nicht ein geradezu naives Grinsen aufzusetzen, aus dem wiederum Jason mühelos würde herauslesen können, wie es gerade um Flynn stand.

Verdammt, er hat mich voll im Griff, der Satansbraten, und er nutzt diese Tatsache auch noch schamlos aus!, wurde Flynn bewusst.

Flynn drehte sich um und schlenderte zurück zum Kamin, wo er sich wieder auf dem bequemen Sitzkissen niederließ.

Als Flynn den Blick ein kleines Weilchen später hob, fiel ihm sofort eine Veränderung im Raum auf.

Tim und Sarah waren verschwunden!

Sie mussten das Kaminzimmer ebenso blitzschnell wie klammheimlich, still und leise verlassen haben.

Über Flynns Gesicht huschte ein zufriedenes Lächeln, und ein dumpfer Druck wich allmählich von seiner linken Brustseite.

11

Sarahs Schlafzimmer lag direkt über dem großen Gäste-Salon, in dem Claire in diesem Augenblick ihre Lesung fortsetzte. Der Raum verfügte über einen kleinen offenen Kamin, wie alle Zimmer auf dieser Seite des Hauses, denn hier gab es die notwendigen gemauerten Abzüge für die Feuerstellen. Bereits auf dem Weg nach oben war Sarah überraschend zur Sache gekommen: »Hör zu, Tim Sander, ich lade dich auf mein Zimmer ein, aber die gemeinsame Dusche kannst du dir gleich abschminken, der eiskalte Guss letzte Nacht hat mir gereicht.«

Beim Anblick des Kamins wusste Tim jetzt ohnehin etwas noch viel Besseres als die Dusche … Mit wenigen Schritten war er dort und griff nach dem Schürhaken, der an der Wand lehnte. Sarah verschwand derweil im Badezimmer.

Kurze Zeit darauf prasselte im Kamin ein Feuerchen. Eine große flauschige Wolldecke war davor auf dem Parkett ausgebreitet. In sämtlichen Zimmerecken brannten Kerzen und warfen ihr romantisch flackerndes Licht in den Raum. Den elektrischen Deckenlüster hatte Tim ausgeknipst. Aus dem CD-Spieler oben auf dem gemauerten Kaminsims erklangen einschmeichelnde irische Weisen.

Tim kniete vor dem Kamin und beobachtete die Flammen. Als Sarah aus dem Badezimmer kam, hob er jedoch den Blick. Sie trug jetzt eine weiße, fast völlig durchsichtige Bluse. Sonst nichts. Die Bluse reichte gerade mal bis zur Mitte der Oberschenkel. Der dünne Stoff klebte beinahe wie eine zweite Haut an ihrem schlanken Körper. Darunter zeichneten sich deutlich die beiden festen runden Brüste ab. Und das dunkle lockende Dreieck zwischen ihren Beinen.

Langsam kam sie näher …

Tim vergaß einfach zu atmen. Sie war so verführerisch, so anmutig und so unglaublich hinreißend, er spürte, wie er bei Sarahs Anblick augenblicklich hart wurde.

Sie stand nun direkt vor ihm.

Er kniete immer noch auf der Decke und schaute hingerissen und ein wenig verlegen wie ein Schuljunge zu ihr auf. Verlegen wegen der deutlich sichtbaren Erektion zwischen seinen Schenkeln, die Sarah allerdings noch gar nicht bemerkt hatte, weil sie Tim direkt ins Gesicht blickte.

Sie konnte das Begehren und die Leidenschaft in seinen leicht verzerrten Zügen und in seinen hungrigen Augen, seinen *schönen* hungrigen Augen, deutlich lesen. Und darauf kam es ihr besonders an, sie wollte von ihm begehrt werden, schließlich ging es heute Nacht nur um eins: um Sex.

»Du überraschst mich immer wieder …«, raunte er, und seine Stimme klang belegt.

»Pssst«, machte sie und sagte dann schnell: »Keine Geständnisse, keine Erklärungen, und bitte auch keine

Entschuldigungen, wofür auch immer. Ich will nicht reden, ich will dich spüren, das ist alles. Nach diesem Wochenende kannst du dann gehen, wie du gekommen bist, Tim Sander. Ein fremder Gast in einem Haus auf dem Land.«

»So oder so ähnlich hast du doch gestern schon geredet, ich erinnere mich genau. Und warum willst du mich denn so schnell schon wieder loswerden, hm?«

Sie schüttelte wortlos den Kopf und lehnte sich dabei leicht an ihn. Wie gestern befand sich das lockende Dreieck zwischen Sarahs Schenkeln auch jetzt wieder direkt vor Tims Gesicht. Nur ein hauchdünner Fetzen Stoff bedeckte das *Delta der Lust*.

Sarah warf jetzt genau wie letzte Nacht auch den Kopf in den Nacken und stöhnte leise und sehr sinnlich, als Tims Lippen und seine Zunge frech auf eine gewagte Erkundungsreise gingen.

Immerhin hat sie deutlich ausgedrückt, was sie will. Wieso soll ich mich also zurückhalten?, sagte er sich.

Die durchsichtige Bluse war so kurz, dass Tim mühelos den Kopf darunterstecken konnte, ohne den Stoff erst anheben zu müssen. Sie hatte das Kleidungsstück absichtlich für diese Verführungsszene ausgewählt, das ahnte er. Die Bluse schmeichelte den weiblichen Kurven und wirkte ungeheuer verführerisch.

Tim fragte sich eine Sekunde lang, ob er sich wiederum geschmeichelt fühlen oder eher auf der Hut sein sollte. Eine Frau, die so unverhohlen nur Sex von ihm wollte, war ihm bis zum heutigen Tage noch nicht begegnet. Und er wusste wirklich nicht, ob er das nun gut fand oder eher nicht. Auf der anderen Seite war da sein ungeheuer starkes Begehren, er wollte diese junge Frau, und hier kam seine große Chance!

Tims Zunge hatte mittlerweile ganz von allein Sarahs bereits angeschwollene Klitoris gefunden und liebkoste die Perle voller Hingabe.

Sarah fühlte schnell eine heiße Welle von Lust bis ins Becken aufsteigen, sie sank langsam auf die Knie, und dabei öffnete sie Knopf für Knopf ihre Bluse.

Tims zärtliche Lippen wanderten derweil an ihrem Körper entlang nach oben. Und seine Hände gingen ebenfalls auf Wanderschaft. Sarah spürte, wie sie sich um ihre Brüste legten. Und Tims Lippen lutschten und küssten abwechselnd die Knospen, die umgehend steinhart wurden und von denen ein lustvolles Ziehen bis hinunter zwischen ihre Schenkel strahlte.

Tims Mund wanderte weiter den Hals entlang aufwärts und traf auf Sarahs zitternde halbgeöffnete Lippen. Der zärtliche Kuss wurde rasch inniger, und die Zungen fingen an, miteinander einen ziemlich erregenden Tanz zu tanzen. Aber bald schon war Tim und Sarah auch das zu wenig, sie wollten beide noch so viel mehr.

Sarah ergriff als Erste die Initiative und tastete nach dem Reißverschluss an Tims Jeans, der sich im Nu öffnen ließ, trotz der dicken Beule dahinter. Anschließend half sie Tim dabei, sich aus der störenden Hose zu winden.

Mit einer Hand fuhr Sarah prüfend über Tims flachen und harten Bauch. Er atmete schwer, sagte aber kein Wort, wie sie es sich gewünscht hatte.

Nicht reden, nur spüren …

Sein Körper war schlank und doch auf sehr männliche Art kräftig, mit Muskeln an den haargenau richtigen Stellen. Die festen Pobacken fühlten sich herrlich knackig an. Sarah ließ ihre linke Hand weiterhin auf Wanderschaft gehen, während sie mit der rechten vorsichtig die Vorhaut über die pralle und längst feuchte Eichel zurückschob.

Tim seufzte unterdrückt. Ein Holzscheit knackte laut im Kamin, das Feuer flackerte und warf Schatten an die Wand.

Sarah atmete tief Tims männlichen Geruch ein, und ihr wurde beinahe schwindelig vor Verlangen. Sie sehnte sich unsäglich danach, ihn in sich aufzunehmen und alles andere auf der Welt für eine Weile völlig zu vergessen.

Sie küssten sich wieder leidenschaftlich und rollten dabei eng umschlungen auf der Wolldecke umher. Sarah hörte sich zwischendurch abwechselnd seufzen und dann wieder stöhnen. Tims Hände, seine Lippen, seine Zunge ergriffen Besitz von ihrem bebenden Körper.

Plötzlich konnte und wollte sie nicht mehr länger warten. Sie öffnete die Schenkel weit für Tim und schlang ihm dann ihre Beine um die Hüften und die Arme um die Schultern. Obendrein drängte sie ihm ihren Körper entgegen und sah ihm tief in die Augen.

Sacht und zuerst noch langsam drang Tim in sie ein. Dabei schauten sie sich die ganze Zeit über in die Augen. Sarah spürte, wie sein großer schöner Schwanz tiefer in ihr verschwand und ihre Muschi immer stärker dehnte. Die inneren Muskeln schmiegten sich eng um das eindringende pulsierende Glied und gewöhnten sich ganz allmählich an dessen Größe und die enorme Härte, die auch noch auf ganzer Länge gierig zuckte.

In Sarahs Muschi pochte es ebenfalls vor unbändiger Lust.

Schließlich begann sich Tim in ihr zu bewegen. Sie war klatschnass zwischen den Beinen, sie floss geradezu weg vor lauter Lust und vor Verlangen.

Tim stieß allmählich härter und zunehmend schneller in sie, und sie fing seine Stöße mit ihrem Becken und ihrer leise schmatzenden Muschi auf. Sie steigerten sich immer mehr hinein in einen gemeinsamen Rhythmus. Ihre Schamhügel klatschten während des wilden Rittes immer wieder laut auf- und aneinander. Tim und Sarah hörten zwar diese Geräusche, die dabei entstanden, und nahmen sie doch nicht wirklich wahr. Jegliches Gefühl für Raum und Zeit war ihnen verlorengegangen. Dennoch schaffte Tim es irgendwie, sich jedes Mal rechtzeitig aus ihr zurückzuziehen, wenn Sarah gerade glaubte, jetzt wirklich jeden Moment explodieren zu müssen.

Er zog sich aus ihr zurück, flüsterte zärtlich »Warte!« und küsste sie lange und leidenschaftlich zugleich, um dann erneut in sie einzudringen und sie hart und härter zu nehmen.

Gerade trieb er seinen großen pochenden Schwanz wieder hinein in Sarahs feuchte offene Muschi, aber jetzt war es mit ihrer Selbstbeherrschung plötzlich und endgültig vorbei. Tief in ihrem Becken zogen sich Muskeln zusammen, von denen sie nicht einmal geahnt hatte, dass sie dort welche besaß. Sarah spürte, wie sie sich unaufhaltsam und gewaltig dem Höhepunkt näherte. Und sie überließ sich dem Gipfel der vollkommenen Lust und schrie laut heraus.

Ab diesem Moment konnte auch Tim nicht mehr an sich halten.

Sarah merkte deutlich, wie er heftig in ihr kam und sich in sie ergoss, sein ganzer Körper bebte dabei in ihren Armen, der Orgasmus schüttelte ihn. Sie war gerührt darüber, wie sehr er sich gehenlassen konnte. Tim besaß die wunderbare Fähigkeit, auf eine sehr intensive Art und Weise körperlich zu lieben. Und das gleich beim ersten Mal, das bekamen nicht viele Männer hin, und vor allem nicht, wenn sie gerade eine neue Affäre begannen. Die meisten waren anfangs viel zu nervös und gleichzeitig aber auch noch zu wenig gefühlsmäßig involviert, um eine derartig tiefe Intensität zeigen zu können wie Tim eben.

Hinterher schlummerten sie ein Weilchen – Arm in Arm – vor dem flackernden Kaminfeuer. Irgendwann wachten sie wieder auf, spürten sich – und sofort begann der Reigen der Lust aufs Neue.

»Du bist ja unersättlich«, raunte Tim irgendwann zwischendurch an Sarahs Ohr, »und ich bin total verrückt nach dir.«

Ihr war klar, dass er – jedenfalls für den Moment – die Wahrheit sagte. Momentan gehörte Tim ganz ihr, jedenfalls für diese eine Nacht. Und genau dies hatte sie doch gewollt, also ließ sie besser das Denken weiterhin auf Sparflamme laufen und sich dafür tief hineinfallen in die Lusterlebnisse dieser Nacht.

Sarah brachte es tatsächlich fertig, sich vollkommen in Tims Armen aufzulösen. Immer wieder und sogar mehrmals hintereinander. Mal gab sie sich dabei wild und verrucht, dann wieder scheu und zurückhaltend. Sie stachelte ihn an und forderte ihn heraus, und er ging auf ihre verschiedenen Rollenspiele ein. Mal war er der starke Held oder gar der fordernde Macho. Dann wieder der sensible Liebhaber, der gebuchte Callboy für eine Nacht oder auch der unterwürfige Liebessklave, der ihre Launen bediente.

So stellte sich Sarah etwa zwischendurch schlafend. Jedenfalls glaubte er anfangs, sie verstelle sich, später war er sich nicht mehr so sicher. Vielleicht war sie ja doch eingeschlummert. Vorher flüsterte sie Tim noch zu, sie sei Dornröschen und würde erst in hundert Jahren wieder aufwachen.

»Es sei denn …«, hauchte sie mit immer leiser werdender Stimme und lächelte süß und mit flatternden geschlossenen Augenlidern.

»Es sei denn?«, raunte Tim und leckte an ihrem Ohrläppchen.

Eine Weile lag er nur neben ihr und versetzte sich genüsslich in Gedanken in die Rolle des Prinzen hinein. Was würde der Retter Dornröschens sich einfallen lassen, um die Schöne aus ihrem hundertjährigen tiefen Schlaf aufzuwecken?

Der Sex müsste zärtlich und behutsam sein, langsam und sehr intensiv, hatte das arme Mädchen doch hundert sexlose Jahre hinter sich.

Ihre Libido müsste wieder angefacht werden – es war ja fast so, wie eine Jungfrau in die körperliche Liebe einzuweihen.

Sarah räkelte sich jetzt dicht an seiner Seite, und Tim

konnte ihren süßen Atem auf seiner Haut spüren. Im Nu war er wieder wie elektrisiert und sein Begehren aufs Neue entfacht.

»Dornröschen?«, murmelte er dicht vor ihren Lippen, ehe er seinen Mund auf Sarahs presste und seine Zungenspitze ein Stückchen weit vordringen ließ.

Erwiderte sie gerade seinen Kuss? Oder war es nur ein leichtes Zucken gewesen?

Tim spürte, wie seine Erregung weiterwuchs.

Was für eine sinnliche Herausforderung! Wie weit würde Sarah mich gehen lassen? Was darf ich in dieser Situation alles mit ihr anstellen?, fragte er sich.

Dutzende kleine schmutzige Ideen kamen ihm in den Sinn und ließen seinen Schwanz fast explodieren vor lauter Verlangen und Gier.

Vorsichtig versuchte Tim, eine Hand zwischen Sarahs zusammengepresste Schenkel zu schieben. Doch die Schlafende kam ihm nicht entgegen, die Schenkel öffneten sich nicht. Aber immerhin gelang es Tim, den Mittelfinger dazwischenzustecken.

Der Finger teilte die Schamlippen, fuhr in der Ritze auf und ab und reizte die Liebesperle, die immer härter wurde. Sarahs Möse wurde immer feuchter. Ihr Körper reagierte auf Tims gekonnte Stimulierung wie im Wachzustand – mit unbändiger Lust.

Er konnte unter seinem Finger sogar spüren, wie Sarahs Muschi zu zucken begann. Der Wunsch, ihr im Schlaf einen wahnsinnigen Orgasmus zu verschaffen, der sie schließlich aufwecken würde, wurde übermächtig.

Tim fühlte sich ungeheuer lebendig, völlig im Hier

und Jetzt angekommen, während er die schlafende Sarah verführte. Er konnte sich nicht erinnern, jemals zuvor aufregenderen Sex gehabt zu haben.

Vorsichtig glitt er über die auf der Seite schlummernde Sarah hinweg. Jetzt drückte Tims Bauch an Sarahs Po. Sein harter Schwanz rieb sich an Sarahs Hinterteil und wurde immer aufgeregter.

Nach einem Weilchen glitt Tim nach unten, bis sein Kopf neben Sarahs süßem Po zu liegen kam.

Vorsichtig spreizte Tim die festen Backen und schob dann seine Zunge in die Spalte.

Sarah murmelte etwas und seufzte leise dazu, beides klang nach Lust, nicht nach Abwehr. Aber sie schien noch immer zu schlafen.

Tims Zungenspitze hatte jetzt die Rosette drinnen erreicht und spielte zart an Sarahs Poloch herum.

Wieder stöhnte *Dornröschen* leise und räkelte sich auch im Schlaf, aber kurz darauf lag die Prinzessin wieder völlig ruhig und entspannt da.

Tims Zunge widmete sich erneut dem Poloch, das unter seinen Liebkosungen ganz weich und locker wurde. Dann schob Tim wieder von vorn einen Finger zwischen Sarahs Schenkel. Und er fand den Weg in die feuchte Muschi nun bereits mühelos.

Der Finger schob sich tiefer und tiefer hinein in ihre Feuchte.

Wieder spürte Tim, wie heftig Sarahs Körper auf die Berührung reagierte. Aber er wollte keinesfalls, dass Dornröschen jetzt schon kam und aufwachte …

Der Finger flutschte mühelos aus Sarahs triefender Möse und wechselte nur – feucht und glitschig wie er war – nach hinten, wo noch immer Tims Zunge das Poloch verwöhnte.

Tim zog schwer atmend vor Erregung seine Zunge zurück und brachte dafür den Finger in Stellung.

Und er glitt mühelos hinein in Sarahs Poloch.

Tim fickte *Dornröschen* ein kleines Weilchen mit seinem Finger dort hinten, vorsichtig und sehr zärtlich. Und *Dornröschens* Körper fing an, sich vor Lust zu winden. Aus ihrem Mund drangen gurrende, zärtliche Laute – und dann erwachte *Dornröschen* mit einem kleinen, spitzen Schrei.

»Ja, o ja! Ich komme!«

»Du hast hundert Jahre geschlafen, meine Schöne!«, flüsterte Tim und küsste dann ihren feuchten Nacken. »Ich habe dich erweckt zu neuem Leben, von jetzt an gehörst du mir, die nächsten hundert Jahre lang!«

Und Sarah kicherte, dann warf sie sich herum und in seine Arme, wo sie ihn wild und voller Verlangen küsste, dass es ihm fast den Atem raubte.

Und als er wieder Luft bekam, sagte Tim leise: »Wow, Dornröschen! Das war dermaßen geil!«

»Was denn? Ich habe leider alles verschlafen, mein Prinz. Kannst du es vielleicht nochmals machen, jetzt, wo ich wach bin?«

Er konnte, keine Frage …

Sie nahmen sich für diese Nacht einfach alles heraus, was sie vorher noch nie gewagt hatten. Vielleicht war es ja die letzte Nacht überhaupt in ihrem Leben. Wer konnte das schon wissen?

Irgendwann schliefen sie schließlich vor zufriedener Erschöpfung und eng umschlungen vor dem Kamin ein.

Tim wachte an diesem noch grauen Morgen danach früh und als Erster auf. Draußen regnete es, er konnte das sanfte Trommeln der Regentropfen an den Fensterscheiben hören.

Sarahs nackter Rücken und ihr süßer Po drückten sich fest an seinen Bauch. Tim spürte, wie sich sein Schwanz schon wieder zu regen begann. Der Kerl war einfach unersättlich, und eigentlich sollte er sich über das Standvermögen seines kostbarsten Körperteils freuen. Dennoch regte sich leichte Besorgnis in ihm: So unersättlich war er doch noch nie bei und mit einer Frau gewesen.

Die tiefe und geradezu durchdringende Intensität seines Begehrens für Sarah beunruhigte Tim. Irgendwie war das nicht das Übliche, und normal war es auch nicht. Sie hatten es heute Nacht so wild und so oft getrieben – Tim konnte eine kleine wunde Stelle spüren, die sein bereits wieder halbsteifes Glied etwa auf halber Länge schmückte. Ein Fingerabdruck der Leidenschaft ... Eigentlich schön, fast zum Heulen schön, wenn einem so ein Malheur aus purer Lust heraus passierte. Und dennoch spürte Tim auch ein leises Unbehagen tief in seinem Inneren, das ihm wiederum Bauchschmerzen verursachte.

Der Leidenschaft war nicht zu trauen. Sie verhagelte einem den Verstand, nahm einem die Fähigkeit zur Unterscheidung. Unterscheidung von echter Liebe und bloßem sinnlichen Begehren. Letzteres kühlte sich irgendwann unweigerlich ab. Dann erst fand man heraus – und oft schneller und schmerzhafter als einem lieb war –, ob echte Liebe auch noch mit im Spiel gewesen war, oder eben nicht. Aber oft genug war es an diesem

Punkt bereits zu spät, man saß längst in der Falle, in die man sich anfangs überaus freiwillig begeben hatte. Tim hatte sich solche Gedanken bereits im Teenageralter gemacht, als bei seinen Eltern die Ehe den Bach runterging. Damals hatte Tim sich geschworen, er würde einmal vorsichtiger agieren mit und bei den Frauen als sein Vater. Sex war eine Sache, Liebe eine ganz andere.

Sarah regte sich jetzt, sie drückte ihren knackigen süßen Po fester an ihn und murmelte etwas, was Tim nicht verstand. Er starrte auf ihren zarten Nacken, wo sich mehrere Haarlocken feucht ringelten. Dabei erinnerte er sich wieder, wie er kurz vor dem Einschlafen an diesem hübschen Nacken und auch am Hals mit seinen Zähnen geknabbert hatte.

»He, spielst du Vampir mit mir?«, hatte Sarah schlaftrunken gemurmelt und leise gekichert.

»Ich bin ein Vampir!«, hatte Tim, ohne nachzudenken, erwidert. »Ich will alles von dir, sogar dein süßes Blut.«

Himmel noch mal, wie hatte er nur so etwas Albernes von sich geben können? Was hatte dieses kleine Biest nur mit ihm und aus ihm gemacht? Er war doch ein Mann, der seine Gefühle im Griff hatte und sich selbst noch dazu, obendrein in jeder Lebenslage. Er hatte doch vorher im Leben schon mit so einigen Frauen geschlafen, tollen Frauen, sexy Frauen. Immerhin war er ein Mann, ein ganzer Kerl, die Frauen mochten ihn. Aber Sex war Sex, man genoss ihn, und hinterher ging man seiner Wege. Das Begehren war oft schon am nächsten Morgen beim Aufwachen im fremden Bett verflogen.

Tim starrte immer noch auf Sarahs Nacken. Zärtlichkeit und Verlangen packten ihn gleichzeitig und schüttelten ihn, bis Tims Körper zu beben begann. Er beugte sich über Sarahs nackte Schulter. Dann biss er sie vorsichtig und zärtlich. Sarah kicherte ungehemmt los und warf sich herum an seinen Hals. Das kleine Biest war hellwach, sie hatte nur so getan, als würde sie noch schlafen.

Sarah legte ihr schlankes Bein über seine Hüfte. Dann presste sie ihren heißen Schoß an Tim.

Wie von selbst glitt sein hartes Glied zwischen ihre geöffneten Schenkel. Das Begehren schlug über ihm zusammen. Und Tim kam beinahe sofort. Es gab kein Halten mehr, als sich Sarahs weiches Fleisch vorne an seiner Schwanzspitze rieb, sich öffnete und ihn einließ. Die Berührung war so überwältigend und intensiv, er konnte die Lust bis in die Zehenspitzen spüren. Seine Lenden explodierten, Sperma schoss aus Tims Eichel, und er erstickte seinen lauten Aufschrei gerade noch rechtzeitig in der Decke.

Entsetzt merkte Tim, wie sich eine Träne unter seinen geschlossenen Augenlidern hervorstahl und zum Glück sofort in der Decke versickerte.

Damit sie nur ja nichts von seiner Rührung bemerkte, presste er rasch seinen Mund auf Sarahs einladend geöffnete Lippen. Und er spürte, wie sie in diesem Moment auf seinem Schwanz kam. Er steckte immer noch tief in ihr, sein Penis war immer noch lang und hart und nicht erschlafft nach dem Orgasmus. Sarah stöhnte leise in Tims Mund hinein, ihre Muschi saugte an seinem Schwanz und weckte erneutes Begehren. So etwas hatte Tim noch nie erlebt, bei keiner anderen Frau. Er war gerührt, glücklich und überwältigt vor Freude. Trotzdem konnte er immer noch nicht verstehen, woher diese Träne plötzlich gekommen war. Und warum …

Draußen hatte der nieselnde Herbstregen inzwischen aufgehört, gerade schob sich eine morgendliche kühle Sonne zögernd durch die Wolken. Erste Strahlen verirrten sich auch ins Zimmer.

Sarah sprang plötzlich auf und rannte fröstelnd Richtung Badezimmer.

Großer Gott, ich muss runter in die Küche, die Rühreier fürs Frühstück machen und den Porridge kochen!, schoss es ihr durch den Kopf.

Kurze Zeit darauf hörte Tim das Rauschen der Dusche. Er suchte hastig seine auf dem Fußboden verstreuten Kleidungsstücke zusammen, schlüpfte hinein und verließ dann Sarahs Zimmer, nachdem er sich vergewissert hatte, dass draußen auf der Treppe und im Flur die Luft rein war.

Dies hier war bloß ein nettes Sexabenteuer für ein Wochenende auf dem Lande. Ganz, wie Madame es sich ausdrücklich, laut und deutlich gewünscht hatte!

Er hörte immer noch ihre Worte in seinen Ohren nachklingen, jetzt am Morgen danach ließ sich deren Widerhall einfach nicht mehr ausblenden. In der hitzigen Leidenschaft der Nacht war es nicht darauf angekommen. Aber jetzt. Was, wenn sie tatsächlich meinte, was sie heute Nacht zu ihm gesagt hatte …?

Nach diesem Wochenende kannst du dann gehen, wie du gekommen bist, Tim Sander. Ein fremder Gast in einem Haus auf dem Land, erinnerte er sich.

Konnte *Dornröschen* nach einer solchen Nacht tatsächlich ihren Prinzen aus dem Schloss verbannen und ihn seiner Wege gehen lassen?

Falls dem so wäre, dann müsste *Dornröschen* ein ziemlich kaltschnäuziges kleines Luder sein. Und das sah der sensiblen jungen Köchin eigentlich gar nicht ähnlich. Es passte nicht zu ihr, so viel Abgebrühtheit und Schnoddrigkeit.

Aber was führte Sarah dann im Schilde? Was dachte sich dieses Mädchen dabei, einem Mann wie Tim ein unmoralisches Angebot zum Wochenende zu unterbreiten …?

Teufel noch mal, er wusste es nicht! Und dieses Nichtwissen machte ihn verrückt und hilflos.

Tim würde sich für so eine vage Geschichte jedenfalls nicht vor den übrigen Gästen zum Affen machen. Und auch nicht vor Flynn und Jason, und dem Letzteren schon gar nicht! …

Tim knirschte vor Frust leise mit den Zähnen und wunderte sich, warum er sich bloß so unendlich gereizt fühlte. Ganz tief drinnen in ihm grummelte es sogar gewaltig vor unterdrücktem Zorn.

Es war doch ein wunderschöner Samstagmorgen nach einer phantastischen und höchst sinnlichen Nacht!

Gleich würde es ein köstliches Frühstück geben und später wunderbar frivole Abenteuer, die in Büchern standen und deshalb ungefährlich waren, dafür unterhaltsam, weil sie das Kopfkino bedienten. Leichte ungefährliche Kost, ganz im Gegensatz zur letzten Nacht.

12

Sarah sah sich zufrieden in der großen Küche um. Alles glänzte blitzblank. Das Geschirr vom Frühstück und auch dem Mittagessen war abgewaschen und alles wieder dort verstaut, wo es hingehörte. Im Kühlschrank warteten die Zutaten für ein feierliches Samstagabend-Dinner auf ihren Einsatz. Es würde Lammbraten mit jungen Bohnen und gebackenen Kartoffeln geben, hinterher eine feine Schoko-Mousse aus dunkler Zartbitterschokolade mit einer heißen Sauce aus Waldbeeren.

Die Köchin war mit den Menü-Vorbereitungen äußerst zufrieden und freute sich jetzt auf zwei Stunden freie Zeit. Die Mousse war Sarah wieder einmal wunderbar gelungen, das Dessert musste nun nur noch bis zum Verzehr im Kühlfach warten. Der Lammbraten war in würziger Rotweinmarinade mit Kräutern und Knoblauch eingelegt, und Sarah plante, das zarte Fleisch erst später am Nachmittag für einige Stunden bei niedriger Temperatur in die Backröhre zu schieben. Bohnen und Kartoffeln benötigten die kürzeste Garzeit, dieser Arbeitsschritt erfolgte naturgemäß als letzter vor dem Servieren.

Jemand kam unbemerkt in die Küche geschlüpft,

und zwei starke Arme legten sich um ihre Brust, und ein heißer Mund knabberte zärtlich an ihrem Hals. Sofort richteten sich die feinen Härchen auf Sarahs Armen auf, die Haut begann zu kribbeln, in der Muschi setzte ein verräterisches Ziehen ein, und die Nippel der Brüste wurden hart und fest.

»He, du Frechdachs! Was treibst du denn? Tim, nein, hör auf, doch nicht hier in der Küche!«

Aber es war schon zu spät, und seine warmen Hände waren unterwegs in ihre Bluse und den hauchdünnen BH darunter. Sarah unterdrückte ein Stöhnen, und sie merkte selbst, wie ihr anfänglicher Widerstand dahinschwand. Sie hätte Tim am liebsten jetzt sofort in sich gespürt, aber das hier war schließlich ihr Arbeitsplatz, das ging nun gar nicht, sie musste Tim unbedingt bremsen. Was war überhaupt los mit ihr? So unersättlich war sie doch noch nie bei einem Mann gewesen.

»Bist du fertig hier?«, flüsterte Tim an ihrem Ohr.

»Ja. Und ich wollte gleich raus in den Garten, in der Hängematte liegen und ein bisschen träumen.«

»Träumen? Ich hoffe doch von mir!«

Beinahe hätte Sarah genickt, aber sie verkniff es sich gerade noch rechtzeitig. Tim brauchte das nicht zu wissen. Aber genau das hatte sie tatsächlich vorgehabt: sämtliche Ereignisse der letzten Nacht mit ihm nochmals Revue passieren lassen. Und in Gedanken in Tims Zärtlichkeiten schwelgen, sich alles noch einmal in inneren Bildern wie in einem Kinofilm ansehen, die Gefühle nachempfinden und dabei langsam und behutsam innerlich verarbeiten.

Es war immerhin so viel Schönes passiert, so viel Lust

und Zärtlichkeit, alles war so überwältigend gewesen. Man brauchte Zeit und Ruhe und auch Muße, um eine solche Nacht seelisch zu verarbeiten, und sogar der Körper hatte ja noch mit gewissen Nachwehen zu tun.

Die Muschi fühlte sich im Sitzen wund an, die Nippel brannten, wenn sie sich innen am BH rieben, und seitlich am Hals saß ein deutlich sichtbarer Knutschfleck, gegen den selbst eine dicke Puderschicht nichts ausrichten konnte. Ihr blieb nichts weiter übrig, als den Blusenkragen dekorativ hochzustellen und später dann vielleicht ein hübsches Seidentuch zum Abendessen um den Hals zu tragen.

Das Wichtigste aber war tief in der Seele und im Kopf passiert: Endlich waren die Gedanken und Gefühle wieder anderweitig besetzt, ein Boris-Blödmann kam nicht mehr darin vor. Jason hatte ja so recht gehabt!

Boris, wer?! Nie gehört, nie gekannt, nie gebraucht und doch gehabt, um eine Erfahrung klüger, vielleicht etwas reifer geworden. Abgehakt, der Nächste bitte!

Endlich, endlich wieder unbeschwert glücklich. Und das bereits nach einer einzigen Liebesnacht mit einem anderen Mann!

Und was das für ein Mann war, einer von der besonderen Sorte, die man nicht alle Tage traf.

Oh, verflixt, was macht er denn jetzt wieder, der freche Kerl? Schiebt einfach hier in der Küche seine Hand in mein Höschen und lacht dabei so herausfordernd und wissend, weil es da unten nämlich schon wieder so verräterisch heiß und feucht ist, wie mitten im tropischen Regenwald …, dachte Sarah.

»Oh, jaaa … Oh, Tim, bitte hör auf, bitte, das geht

doch nicht, nicht hier! Ich … um Himmels willen, ich komme!«

Sarahs Knie zitterten, ihre Schenkel bebten, sie klammerte sich an den Ecken des Küchenschranks fest, während tief in ihrer Muschi eine mittelschwere Explosion vor sich ging.

»Du wolltest doch in den Garten? Darf ich ein bisschen mit dir in der Hängematte kuscheln?«

Und Tim durfte …

Sie schlummerten zusammen in der warmen Herbstsonne hinten im Garten ein, die Nacht war immerhin ziemlich kurz gewesen, wenigstens, was den Schlaf anbetraf.

Einige Gäste des Hauses waren nach dem Mittagessen zu einem gemeinsamen längeren Spaziergang aufgebrochen, Flynn und Jason mit Arthur und Lynn hinüber zum *Cock* gefahren auf ein schnelles Pint, um beim Bier geschäftliche Dinge zu besprechen.

Claire hielt sich oben in ihrem Zimmer auf. Sie wollte für einige Stunden an ihrem neuesten Manuskript arbeiten und nicht gestört werden.

Über dem ganzen Anwesen lag momentan eine wunderbar friedliche Stille, die nur manchmal vom Ruf eines Vogels oder dem Summen von Insekten unterbrochen wurde.

Sarah erwachte, als sich aus östlicher Richtung ein lautes Motorengeräusch immer mehr dem Anwesen näherte. Tims Fehlen irritierte sie zunächst allerdings noch mehr als der Lärm, sie vermisste ihn jetzt schon, wenn er nicht bei ihr war.

Er musste wohl ins Haus gegangen sein, denn im

Garten war er nirgends zu sehen, wie Sarah mit einem raschen Rundblick feststellte.

Sie sprang aus der Hängematte und rannte ums Haus herum.

Womöglich brachte der Motorenlärm ja Besuch mit sich, der empfangen und begrüßt werden wollte.

Sarah spähte über den Gartenzaun, aber eine nahe Hügelkuppe versperrte ihr noch die Sicht auf das sich nähernde, laut röhrende Gefährt, das verdächtig nach einem schweren Motorrad klang.

Das Fahrzeug kam tatsächlich mit gefährlich hoher Geschwindigkeit näher. Die Landstraße war in dieser Gegend schmal, unübersichtlich wegen vieler kleiner Hügel, und vor allem sehr kurvig. Der Fahrer, wer auch immer das sein mochte, schien jedenfalls ein ziemlich risikobereiter Typ zu sein.

Im nächsten Moment tauchte zuerst der schimmernde Helm des Fahrers oben auf dem Hügel auf. Schließlich wurde eine Gestalt in einer schwarzen Ledermontur sichtbar.

Kurz vor der Auffahrt zu *Duncan's House* bremste die schwere Maschine scharf ab. Der Fahrer hatte wohl gerade erst das Schild am Hoftor entdeckt.

Sogar in der dicken wärmenden Ledermontur wirkte die Gestalt auf dem Motorrad noch schlank. Sie blieb auf dem Motorrad sitzen, schaltete aber wenigstens den Motor aus und nahm den Helm ab.

Eine Flut blonder, schulterlanger Haare kam zum Vorschein. Die glatte und auffallend gepflegte Mähne gehörte einer unerhört attraktiven jungen Frau. Aus einem sehr schmalen, blassen Gesicht leuchteten riesige rehbraune Augen mit wunderschönen langen und gebogenen Wimpern.

Der Mund war ebenfalls groß, mit sinnlich geschwungenen Lippen, die Sarah auf den ersten Blick an Julia Roberts erinnerten.

Einen Moment lang starrten das Mädchen auf dem Motorrad und Sarah sich schweigend an. Sarah beschlich dabei ein seltsam mulmiges Gefühl, so als hätte jemand sie mit der Faust in den Magen geboxt.

Doch dann heftete sich der Blick der blonden Lederfrau über Sarahs Schulter hinweg auf eine dritte Person, die wohl soeben in der Haustür aufgetaucht war. Ohne sich umzudrehen, wusste Sarah sofort, wer diese andere Person war. Und sie wusste noch etwas, nämlich, dass die Motorradbraut zu *ihm* wollte.

Sarah fühlte, wie ihr schwindelig und flau im Magen wurde. Wie aus weiter Ferne hörte sie den Ärger in der Stimme der anderen Frau, als sie rief: »Also stimmt es, was mir deine Sekretärin gesagt hat. Hier draußen versteckst du dich also! Immer wenn ich dich brauche, gehst du deine eigenen Wege. Das ist nicht fair, Tim!« Die letzten Worte fauchte sie geradezu, und das Fauchen klang verdächtig nach Wildkatze.

Schon stülpte sie sich achtlos den Helm wieder auf den Kopf und zurrte ihn fest. Die Mühe, die lange Mähne ordentlich darunter zu verstauen, machte sie sich nicht mehr.

Im nächsten Moment ließ die Leder-Lady den Motor an und gab Gas. Das schwere Motorrad wendete in einer scharfen Linkskurve und schoss davon. Es sah geradezu halsbrecherisch aus, als es kurz darauf über die nahe

Hügelkuppe jagte, zurück in dieselbe Richtung, aus der es gekommen war.

Tim trat neben Sarah und sagte mit ruhiger Stimme: »Frag mich jetzt bitte nichts! Es ist nämlich eine längere Geschichte, zu lang für ein kurzes Wochenende.«

Aber Sarah hatte ohnehin nicht vorgehabt, etwas zu sagen, weder eine Frage noch eine Feststellung, noch sonst etwas von sich zu geben.

Sie wollte es gar nicht so genau wissen, es ging sie ja auch im Grunde nichts an! Sie besaß keine Besitzrechte an Tim. Überhaupt gehörte nie ein Mensch dem anderen, auch in einer Ehe nicht. Liebe war etwas Freiwilliges, ein Geschenk, das man einander machte. Sex ebenso. Sie und Tim kannten sich außerdem noch kaum. Sie wollte ihn verführen, vom ersten Moment an, als sie ihn gesehen hatte. Und sie hatte ihn verführt und vorher auch keine Fragen gestellt. Sie hatte ihn gewollt und ihn so genommen, wie er gerade war, an diesem Wochenende in *Duncan's House*. Jetzt war es zu spät, um etwa die Beleidigte zu spielen. Dumm bloß, dass da auf einmal schon wieder so ein dumpfer Herzschmerz lauerte, vorerst noch irgendwo im Hintergrund. Gleich würde er womöglich hervorbrechen und die Gedanken vernebeln, das dumme Herz in Stücke reißen, endgültig und unheilbar.

Zum Glück wurde der Schmerz im nächsten Augenblick eingedämmt und abgefangen, ehe er sich ausbreiten konnte. Flynn, Jason, Lynn und Arthur kamen aus dem Pub zurück. Flynn saß am Steuer seines Wagens und winkte Sarah und Tim lebhaft zu, kaum dass der Rover oben auf der Hügelkuppe aufgetaucht war.

Die vier mussten der Motorradbraut eigentlich noch begegnet sein …

Ach was, ich muss das Ganze einfach vergessen und im Hier und Jetzt bleiben. Und da ist Tim bei mir, er steht ganz nah neben mir, ich spüre seine Wärme und rieche seinen Duft. Und das ist alles, was zählt!, sagte sich Sarah.

Außerdem musste sie auch dringend in die Küche, den Lammbraten in den Ofen schieben.

Sie winkte Flynn und den anderen kurz zu, drehte sich dann um und marschierte tapfer Richtung Haustür, noch ehe der Rover in die Einfahrt bog.

Der Druck in ihrem Magen wich nur ganz langsam, aber sie hatte schließlich ihren Job zu machen, und das half immer. Und dann gab es da ja auch noch Jasons Zauberformel, die brauchte sie sich bloß in Erinnerung zu rufen, denn damit klärten sich die Dinge wie von selbst.

Die Sache mit Tim und ihr war auf drei Nächte, und zwar an diesem Wochenende, ausgerichtet gewesen. Montag früh war Abreise. Punkt.

Jede Geschichte hatte einen Anfang und ein Ende, das musste man nun mal akzeptieren.

13

Es war an der Zeit für die nachmittägliche Teepause am Kamin.

Sarah füllte gerade Milch in kleine Silberkännchen, die sie gleich zum starken schwarzen Earl Grey reichen wollte. Außerdem würde es süße und wunderschön aussehende Cupcakes zum Tee geben, von Sarah selbst gebacken und phantasievoll dekoriert und glasiert. Sie liebte diese Minikuchen und hatte sich unzählige Eigenkreationen einfallen lassen, was die Rezeptur mit verschiedenen Geschmacksnuancen und vor allem auch die oftmals quietschbunte Dekoration der kleinen Leckerbissen anging. Manchmal liebäugelte sie sogar heimlich damit, eines schönen Tages ihre eigene Teestube zu eröffnen, in der es nur Tee, Fruchtsäfte und Cupcakes geben würde.

Sarah musste unwillkürlich schmunzeln, weil ihr ausgerechnet jetzt wieder einmal die Teestube einfiel, während sie in der Küche stand und nach einer heißen und ziemlich verrückten Liebesnacht ihre brennende Möse spürte.

Ob Tim ein guter Ehemann oder gar Vater wäre? Himmel, ich muss mich zusammenreißen! Das ist die falscheste aller Fragen! Männer spüren es, wenn in der neuen Gelieb-

ten so etwas vor sich geht. Und sie nehmen voller Panik Reißaus! Außerdem ist Montag früh das hier sowieso alles vorbei, und diese Motorradbraut gibt es ja auch noch in Tims Leben!, dachte sie.

Sarah schüttelte sich unwillkürlich und stellte dann rasch die Milchkännchen auf das Tablett, wo bereits die süßen Teekuchen warteten.

Sie ging mit dem Tablett ins Kaminzimmer.

Dicht hinter Sarah kam eine sichtlich aufgeregte Claire in den Raum gerauscht. Die Schottin hatte sich umgezogen und trug jetzt zur Feier der englischen Teestunde ein tomatenrotes Seidenkleid, das ihre immer noch tolle Figur geradezu atemberaubend zum Vorschein brachte.

Claires Lippen schimmerten ebenfalls in einem satten Rot, ansonsten war sie nur dezent geschminkt. Die Wirkung des Rots war ohnehin umwerfend genug, eine Mischung aus Sexiness und gekonnt inszenierter Dramatik. Claire sah beinahe aus wie eine Lady aus einem Shakespeare-Stück, nur moderner ausstaffiert, vor allem was die Rocklänge betraf. Die ging gerade mal bis zu den Knien und betonte geschickt Claires schöne Beine und die schlanken Fesseln.

Claire wirkte erregt, freudig erregt, ihre Augen glänzten, und die Wangen waren leicht gerötet vor Begeisterung. Sie baute sich vor dem Kamin auf und schwenkte ein in Leder gebundenes Büchlein in der Luft.

»Liebe Freunde, ihr werdet es nicht glauben, was ich heute Nachmittag im Kamin meines Zimmers gefunden habe!«

Schlagartig verstummten sämtliche Gespräche, und

alle Blicke richteten sich auf die schottische Autorin. Besonders Flynn wirkte wie elektrisiert, sein sehnsüchtiger Blick saugte sich regelrecht fest an dem Buch in Claires Händen.

»Im Kamin? Aber wieso …«, fing Lynn an, wurde aber sofort von Arthur unterbrochen, der eine Hand fest auf die Schulter seiner neugierigen Frau legte.

Claire sprudelte ohnehin bereits ihre Neuigkeit heraus …

»Ich habe seit jeher eine Spürnase für geheime Verstecke in alten Häusern wie diesem hier. Deswegen konnte ich auch schon im Laufe der Zeit einige wirklich gute Funde machen. Das hat die Stoffe vieler meiner Bücher bereichert, ich liebe diese Art der Recherche. Und heute bin ich wieder einmal fündig geworden.«

Wieder schwenkte Claire mit sichtlichem Triumph das alte und ziemlich mitgenommen wirkende Büchlein über ihrem Kopf.

»Liebe Freunde, hier drinnen steckt ein Tagebuch – oder besser – einzelne Tagebuchauszüge aus der Feder eines Mannes, der offenbar Duncan hieß und der ehemalige Besitzer dieses schönen alten Landhauses gewesen sein muss.«

Jetzt erklangen eifriges Getuschel und leises Kichern im Raum. Lynn stieß Arthur mit dem Ellbogen in die Seite und warf ihm einen bedeutungsvollen Blick zu, der sagen sollte: *Wieso hast du dieses Versteck im Kamin beim Renovieren nicht gefunden?*

Arthur grinste nur abwehrend und zuckte mit den Schultern, ehe er einen Schluck Tee nahm und dann von einem himbeerroten Cupcake abbiss. Er schloss genießerisch die Augen. »Hm, köstlich! Sarah, deine Cupcakes sind einfach himmlisch! Claire, Sie müssen unbedingt eins dieser Küchlein probieren, ehe Sie uns aus Duncans Tagebuch vorlesen. Denn das werden Sie doch, oder?«

Claire lachte schelmisch. »Und ob ich das werde, lieber Arthur! Diese Tagebuchaufzeichnungen passen nämlich auch noch sozusagen haarscharf zum Motto unseres Wochenendes. Es gibt einige sehr intime und höchst erotische Stellen darin.

Kurze Zeit später begann Claire zu lesen, und sämtliche Gespräche im Kaminzimmer verstummten schlagartig.

»Zu unserer großen Freude hat sich Marys Ehemann kürzlich auf eine längere Reise hinüber nach Irland begeben, seiner Geschäfte mit Schafen und deren Wolle wegen.

Wir beide, Mary und ich, können unser Glück tatsächlich kaum fassen. Es verschafft uns die willkommene Gelegenheit, so manche Nacht heimlich bis zum Morgengrauen zusammen zu liegen. Zumeist geschieht dies hier in meinem Haus, Marys Pferd weidet dann hinten im Garten, angebunden am Apfelbaum. Das ist ungefährlicher so, in meinem Haus wird uns niemand überraschen und des Ehebruches wegen anklagen. Und wenn Mary im Morgengrauen zurück auf die Farm reitet und von jemandem unterwegs gesehen wird, nun denn, so hat sie eben einen frühen Ausritt unternommen, einer schlaflosen Vollmondnacht wegen.

Es ist der ein schlimmer Schelm, der sich Böses dabei

denkt, denn es geschieht die Missetat doch nur in seinen eigenen schlechten Gedanken. Den Beweis für seine Geschichte muss er hingegen schuldig bleiben.

Noch nie hat jemand Mary und mich zusammen beim sündigen Treiben ertappt, obwohl wir in letzter Zeit manchmal ein wenig die Vorsicht über unseren hitzigen Gefühlen vergessen!

Wir sind auch schon dieser Tage zusammen nach London geritten, den ganzen langen Weg, nur um die Nacht in den Spelunken der Stadt zu feiern und unsere Liebe und das junge Leben von Herzen zu genießen.

Es war und ist immer wieder Mary, meine schöne und stolze Mary, die mich zu gerne dazu verführt, mit ihr zusammen die verwegensten und frivolsten kleinen Abenteuer zu erleben. Und sei es denn im großen London.

An diesem Abend vor zwei Tagen zog ich also an Marys Seite vergnügt durch verrufene Stadtspelunken, lachend und scherzend und schäkernd mit der Liebsten. Sie war dabei als Mann verkleidet, als schmucker junger Kerl, wie so oft zuvor schon. Es ziemt sich immerhin nicht für eine Frau von einigem Anstand, sich nächtens in Lokalen dieser oder ähnlicher Art herumzutreiben. Nicht einmal in meiner oder anderer männlicher Begleitung hätte Mary sich dies herausgenommen. Sie ist eine Lady, und ihren guten Ruf wird sie nicht mutwillig aufs Spiel setzen. Dazu ist Mary viel zu klug und gewitzt. Also verkleidet sie sich eben, und sie macht das so geschickt, dass es keinem auffällt, der es nicht weiß oder vermutet.

Mein Gott, wir hatten so viel Spaß zusammen in dieser Nacht!

Wir zogen durch die dunklen Gassen, von Pub zu Pub, und wenn uns niemand beobachtete, dann küssten wir uns wild und wurden dabei zusehends heißer aufeinander. Bis wir es schließlich nicht mehr aushielten und uns in irgendeine zufällig am Weg gelegene dunkle Ecke drückten.

Es gab da eine tiefe Mauernische in einer reichlich verwinkelten dunklen Gasse. In dieser Mauernische vereinigten wir uns dann wie im Fieberwahn!

Wir rissen uns gegenseitig die Hosenställe auf und langten hinein. Mary rieb zart meinen längst schon tobenden Schwanz, sobald sie ihn zwischen den Tuchschichten zu fassen kriegte. Als es endlich so weit war, feuerte ich da um ein Haar bereits ab, so erregt war ich.

Ich befingerte derweil Marys klatschnasse Möse zwischen ihren Schenkeln, ehe ich ihr dann sogar die halbe Hand hineinsteckte in das schmatzende, gierige Fötzchen.

Wir küssten uns dabei auch immer weiter, ohne Unterlass. Unsere Küsse waren heiß und feucht zugleich, und unsere kecken Zungen fanden sich und vollführten einen frechen Tanz miteinander. Während wir uns gegenseitig mit den Händen nahe an den Rand des Wahnsinns trieben.

Erst als ich die kräftigen Muskelkrämpfe tief drinnen in Marys Möse spürte, zog ich hastig meine Finger aus ihr. Dies war gleichzeitig auch das Signal für sie, meinen aufgeregten harten Schwanz loszulassen, damit er sich nicht vor der Zeit bereits in Marys Händchen hinein entleerte.

Sie ließ ihn auch los, und er bebte vor lauter wilder Geilheit, die mich besessen machte.

Ich legte meine beiden Hände von unten um Marys feste Arschbäckchen und lüpfte die Königin meines Herzens auf diese Weise hoch, bis dorthin, wo ich sie haben wollte.

Sie schlang rasch und geschickt die Beine um meine entblößten Hüften, und so kam ihre Leibesmitte zur gleichen Zeit und Höhe mit der meinen in Berührung.

Mein Prügel stand feurig bereit, und ich jagte ihn mit einem Stoß tief hinein in Marys nasse Möse, die weit und offen geworden war.

Ein wilder und harter Galopp begann. Ich stieß wie von Sinnen in Mary hinein, und ihre Hüften bebten unter den Stößen, und sie stöhnte lustvoll in meine Ohren.

Der wilde Ritt dauerte zu meinem Leidwesen nicht lange, das durften wir nicht riskieren, hier draußen auf der Gasse. Jederzeit konnten Menschen auftauchen und uns entdecken.

Wir wollten es so rasch und so heftig treiben, und unter gefährlichen Umständen noch dazu … Es erhöhte unseren Genuss, dieses Wissen um die Gefahr, die hier auf der offenen Gasse jederzeit auf uns lauerte.

Mary sagte hinterher wieder einmal, wie sehr sie unser sündiges Treiben liebte, fast ebenso sehr, wie sie mich liebte. Und dann sagte Mary noch, sie wolle eines nicht allzu fernen Tages mit mir durchbrennen, ihren Ehemann verlassen, meinetwegen, und mit mir gemeinsam noch einige glückliche Zeiten erleben.

›Und wohin dann durchbrennen, mein Herz?‹, fragte ich sie.

›Hinüber nach Frankreich, Duncan!‹, erwiderte Mary leichthin. ›Ich habe von einer Tante unten im Süden des Landes, dort, wo die Sonne viel mehr scheint als hier bei uns, ein Landhäuschen geerbt. Es ist nicht viel kleiner als dein Besitz hier und allemal groß genug für uns beide und einige Pferde und Schafe noch dazu.‹

›Dann werde ich mich wohl bald nach einem Boot umsehen, mit dem wir hinüberkommen nach Frankreich, meine Liebste!‹, sagte ich und stöhnte schon wieder leise vor neu erwachender Lust, weil Mary gerade meinen noch halbsteifen Schwanz zurück in den Käfig zu sperren versuchte. Dabei packte sie ihn auf eine Weise an, die meinen Appetit wieder aufflackern ließ.

›Tu das, Duncan! Wir sprechen morgen nochmals darüber, im hellen Sonnenschein in deinem Garten. Und jetzt lass uns weiterziehen und diese Nacht in London feiern.‹

Jetzt scheint es also beschlossene Sache zu sein! Mary und ich werden bald schon wie ein richtiges Paar zusammenleben. Ich kann es kaum erwarten. Meine schöne Königin des Herzens hat zwischen ihren schlanken Schenkeln das süßeste und geilste Fötzchen auf der ganzen Welt. Und sie wird ganz mein sein!

Duncan Whitehead, du bist ein wahres Glückskind!«

An dieser Stelle klappte Claire das Tagebuch zu.

»Der Rest der Aufzeichnungen, meine Lieben, ist teilweise unleserlich geworden durch äußere Einflüsse oder aber strotzt von durchgestrichenen Passagen, die eine flüssige Lesung unmöglich machen, wenigstens momentan. Ich werde mich aber noch eingehend damit beschäftigen und ein leserliches Manuskript daraus zusammenstellen, das ich dann natürlich Lynn und Arthur übergeben werde. Ihr beiden seid immerhin die rechtmäßigen Besitzer dieses Hauses, samt all seiner Geheimnisse. Ist es nicht spannend, so einer uralten Liebesgeschichte auf die Spur zu kommen? Wenn man jetzt noch bedenkt und sich überlegt, was sich gerade hier in diesem Zimmer und vor diesem Kamin alles zwischen Duncan und der schönen Mary abgespielt haben mag …«

Claire lachte ihr sinnliches Lachen und wandte sich dann an Sarah, die immer noch ganz rote Bäckchen hatte vom aufgeregten Zuhören. »Schätzchen, ein Gläschen Sherry zu diesen himmlischen Törtchen hier … Das wäre doch sicher nicht unpassend, oder?«

Sarah lachte zustimmend, blies sich eine Haarsträhne aus dem erhitzten Gesicht und ging los, um die Flasche und passende Sherrygläser zu organisieren.

Tim kam ihr hinterher, um ihr zu helfen und einen raschen Kuss auf den Nacken zu drücken.

»Meine Güte!«, raunte er dabei. »Das war ein sinnlicher Hörgenuss, was? Richtig aufregend, in so vieler Hinsicht. Ich bin mal gespannt, ob Flynn später bei seiner großen Lesung nach dem Dinner Claires Auftritt wird toppen können.«

14

Flynn war der geborene Verführer. Wenn er das tat, was er am liebsten machte – *Vorlesen aus Büchern und Geschichten vor andächtig lauschendem Publikum* –, dann verwandelte sich seine Stimme und bekam regelrecht Flügel, auf denen sie die Zuhörer davontrug ins bunte Reich der Phantasie.

Mal klang Flynns Stimme samtweich und einschmeichelnd, dann wieder fest und bestimmt, mal warm und melodisch, dann plötzlich männlich markant und fast schon herrisch, immer passend zu den vorgetragenen Textstellen.

Der Vorleser trat in einem seidenen Hauspyjama auf, silbergrau mit dezenten Streifen in Altrosa, ein teures Modell von einem englischen Designer. Darüber trug Flynn einen passenden Morgenrock, ebenfalls in Seide und vom gleichen Label.

Im Kaminzimmer war es behaglich warm, das Feuer flackerte gemütlich, in sämtlichen Ecken des Raums brannten Kerzen, die in silbernen Leuchtern steckten. Eine einzelne Stehlampe, unter der Flynn im Ohrensessel saß, spendete dem Vorleser das nötige Licht.

Im ganzen Raum duftete es dazu dezent nach einer Mischung aus wilden Rosen, grünen Äpfeln und Zimt.

Die Räucherstäbchen, die diesen Duft verbreiteten, waren Flynns ganzer Stolz. Er hatte zu Hause für Gelegenheiten wie diese einen Vorrat davon gehortet und verriet niemandem, wo er sie gekauft hatte. Die Räucherstäbchen verliehen seinem Vorlesen erst den gewissen extravaganten Touch, davon war Flynn felsenfest überzeugt.

Er überließ auch sonst nichts dem Zufall und hatte den Salon – das Kaminzimmer – nach dem Abendessen noch rasch mit Hilfe von kirschroten Samtkissen neu bestückt. Nun fanden die Zuhörer plötzlich hübsche einladende Kissenlager überall auf dem Boden vor, eins davon auch direkt vor dem Kamin. Das bequeme Chaiselongue mitten im Raum war für Claire reserviert und ebenfalls mit zwei großen roten Samtkissen dekoriert.

Flynn bat jeden der Gäste, sobald sie aus den Zimmern wieder hier unten eintrudelten, es sich so gemütlich wie möglich zu machen. Jason spielte bereits im Hintergrund sanfte jazzige Stücke auf dem Saxophon.

Nach Sarahs köstlichem Dinner und dem schweren Rotwein waren die Anwesenden ohnehin schon allesamt in gelockerter Stimmung. Jeder wartete jetzt nur noch gespannt auf die erotischen Kurzgeschichten, die Flynn mit frechem Augenzwinkern beim Dinner angekündigt hatte.

»Sie war eine wahre Meisterin in Sachen Oralsex. Dabei erfuhren die Männer, die sich und ihr bestes Stück dieser Frau anvertrauten, nicht nur die Wonnen äußerst gekonnter Zungenspiele, sie wurden auch noch zusätzlich mit seidigen Wimpern und langen, weichen

Haarsträhnen kunstvoll verwöhnt. Manch einem kam es dabei ganz plötzlich und so überaus heftig, dass sein Sperma hinterher über ihre Porzellanwangen nach unten zum Kinn lief. Die Geisha war jung und schön wie eine Puppe und gleichzeitig so verführerisch mit ihrem gepuderten Gesicht und dem herzförmigen roten Mund. Die wie gelackt wirkenden schwarzen Haare umrahmten ein zartes Gesicht, das so unschuldig aussah und doch allein mit Hilfe der knallroten Lippen, der Zunge und dem ganzen Mund sämtliche Männer um den Verstand bringen konnte. Die junge Geisha züngelte gern an harten Schwänzen herum, und das spürten die Kunden und liebten sie dafür. Sie gab ihnen nie ihren Körper, immer nur den Mund, aber keiner ihrer Gäste beklagte sich je darüber. Denn die Männer erlebten durch ihre orale Kunstfertigkeit Orgasmen von der besonderen Art, die sie nie wieder im Leben vergessen würden.«

Bereits nach wenigen Zeilen sprang der Funke über …

Flynn las aus verschiedenen Kurzgeschichten vor und dabei mit voller Absicht immer nur die besonders schlüpfrigen und erregenden Stellen. Zwischen den einzelnen Textpassagen fluteten weiche erotisierende Jazzklänge den Raum.

Jason verstand es meisterlich, die besondere Stimmung mit seinem Saxophon und den passenden Songs aufzuheizen.

»Das junge Pärchen hatte sich mittlerweile in eine Ecke des festlich geschmückten Ballsaals verzogen. Niemand unter den Gästen schenkte ihnen dabei Beachtung. Die

Anwesenden tanzten, aßen, tranken und plauderten lebhaft durcheinander. Alkohol floss in reichlichen Mengen, seit Stunden schon, es gab keine nüchternen Zeitgenossen mehr in dieser Ballnacht. In der Ecke des Saals stand ein großer Brokatsessel mit hoher Lehne. Der Sohn des Hausherrn nahm glücklich darin Platz und zog auch schon die blutjunge Tochter der nur zu einem kurzen Besuch im Schloss weilenden Tante auf seinen Schoß. Sie hockte also rittlings auf ihm und kehrte dem heißblütigen, hübschen Cousin ihren zauberhaften Rücken zu. Der holte jetzt hinter ebendiesem zauberhaften Rücken seinen bereits mächtig angeschwollenen Ständer aus dem Hosenlatz, den er sich hastig aufgeknöpft hatte. Er hielt seinen Schwanz mit einer Faust umklammert und rieb ihn vorsichtig auf und ab, um die Härte und Länge noch zu steigern. Mit der anderen Hand schob der junge Mann dem Mädchen das lange seidige Ballkleid über die Knie nach oben, und weiter hoch bis zu den strammen Schenkeln.

Jeder aufmerksame Beobachter hätte jetzt einen kurzen Blick auf den dunkel gelockten Busch werfen können, der sich zwischen den Beinen der jungen Frau zeigte. Aber niemand sah den beiden bei ihrem Treiben zu.

Kurz darauf lüpfte die hübsche Frau auch schon freiwillig ihren Unterleib samt dem süßen, knackigen Po gerade so weit und so lange, bis ihr junger Galan hastig sein steifes Geschlecht daruntergestopft hatte. Hastig ließ er den Rock ihres Kleides wieder herunter, um darunter zu verbergen, was sich jetzt weiter auf dem unschuldigen Brokatsessel zutrug.

Ich konnte von meinem heimlichen Beobachterposten aus förmlich sehen – trotz der verhüllenden Stoffschichten –, wie er seine Rute tief in ihre Muschi versenkte. Auch ihre schlängelnden Körperbewegungen verrieten mir eine ganze Menge: Sie ließ sich soeben mit ihrem Unterleib langsam auf der ganzen Länge seines berstenden Prügels herabsinken. So weit, bis es nicht mehr weiterging.

Schon langte der jugendliche Liebhaber ungestüm um das Mädchen auf seinem Schoß herum und schob ihr von vorn eine Hand unter den neuerlich geschürzten Rock.

Ich beobachtete mit wachsender eigener Erregung höchst verräterische Handbewegungen zwischen den mädchenhaften Schenkeln. Da wurde mir mit einem Mal etwas klar: Der Kerl musste das Poloch auf sein Rohr gespießt haben! Und nun widmete er sich vorn mit der Hand ihrer Muschi und der Liebesperle, während er sie hinten in den süßen, kleinen Po penetrierte. Auf diese Weise konnten sie sich unbesorgt vergnügen, er würde ihr keine Schande bereiten, indem er sie versehentlich schwängerte. Nicht einmal ihre Jungfräulichkeit würde er so zerstören.

Die beiden bewegten sich auch kaum auf dem Sessel. Ihr junges Poloch war sicherlich so herrlich eng – der süße Druck allein würde dem Kerl vorn auf seiner Eichel ungeheures Vergnügen bereiten. Ihm mussten nachgerade fast die Eier platzen von der stimulierenden Wirkung ihres Schließmuskels.

Und ihr sicher triefnasses Fötzchen musste vom zarten Reiben und Knubbeln der Perle mitten im lockigen

Nest heftig pulsieren. Solch junge Damen erlebten doch den Höhepunkt zumeist nur im Kitzler und lernten erst Jahre später, dieselbe Lust zu empfinden, wenn sich tief in ihnen ein dicker Schwengel bewegte.

Im nächsten Augenblick konnte ich auch schon sehen, wie Wangen und Stirn des Mädchens sich heftig röteten und ihre Augäpfel sich vor Entzücken verdrehten, ehe sie rasch die Lider schloss und auf dem Schoß ihres Galans unkontrolliert zu zucken begann. Er musste seine Hand unter ihrem Rock hervorholen und rasch beide Arme um ihre Hüften legen, um sie festzuhalten, sonst wäre die schöne Maid halb von seinem Schoß gerutscht.

Jetzt aber hielt er sie ganz fest an sich gepresst, und dann bewegten sie beide im gleichen Rhythmus ihre Oberkörper nach vorne und wieder zurück, und wieder nach vorne und wieder zurück. Das ging so ein kleines Weilchen. Ich konnte mir denken, wie sich der wiegende Takt auf seinem Schwanz in ihrem Po wohl anfühlen musste … O mein Gott! Mein eigenes Stück begann, sich bei dem bloßen Phantasiebild aufzubäumen!

Drüben auf dem Sessel in der Ecke biss der junge Mann seiner Gespielin soeben in die entblößte zarte Schulter, wohl um einen Aufschrei zu unterdrücken. Dann war es vorbei.«

Überall im Kaminzimmer raschelte es leise, als die ersten Kleidungsstücke fielen und unruhige Hände wie ferngesteuert auf Wanderschaft gingen.

Kräftige Männerhände schoben sich frech in weibliche Dekolletés, schlanke Frauenfinger griffen nach Hosenschlitzen, hinter denen es sich verräterisch wölbte.

Unterdrückte Seufzer waren zu hören, und schließlich auch Knutschgeräusche wie auf einer Teenagerparty.

Sarah, die an Tim gekuschelt in einem weichen Kissengebirge unweit der Zimmertür versank – schmiegte sich noch enger an ihn und atmete tief seinen wunderbar erregenden Duft ein. Dieser Duft machte sie mittlerweile schon verrückt, sobald Tim auch nur in ihre Nähe kam.

Schräg gegenüber von Tim und Sarah fing die sonst eher spröde Lehrerin Sue gerade damit an, die bildhübsche Amerikanerin Lizzy ungeniert zu küssen. Und Lizzy machte auch sofort mit, obendrein legte sie aber auch eine Hand keck auf den Hosenstall des neben ihr sitzenden Ben, ihres Ehemannes.

Ben wiederum schob seine Rechte in die dünne Bluse von Lizzy. Das Wolljäckchen darüber hatte Lizzy vor einem Weilchen bereits abgestreift. Unter der Bluse war sie nackt. Prompt drückten sich Lizzys riesige erigierte Brustspitzen jetzt frech durch den dünnen Baumwollstoff, als Ben die Knospen zu massieren begann.

Desmond, der wie Sue Literatur unterrichtete, wollte anscheinend derweil nicht untätig herumsitzen. Er griff gezielt über seine Frau hinweg und schob kurz darauf ebenfalls eine Hand in Lizzys Bluse. Ihre zwei strammen Glocken wurden nun gleichzeitig verwöhnt, von zwei verschiedenen Männern. Und das schien der Amerikanerin zu gefallen.

Mittendrin ließ sich Lizzy dann auf einmal in die Kissen zurücksinken und lag nun auf dem Rücken. Sie öffnete weit die Schenkel, ihr kurzer Rock schob sich nach oben und enthüllte Spitzenstrumpfbänder und daran befestigte schwarze Strapse. Ein Höschen trug die Amerikanerin nicht, dafür war ihre Muschi glatt rasiert und schimmerte wie Perlmutt. Das sah man, weil sich nun auch noch Lizzys Schamlippen für die neugierigen Blicke aller Anwesenden öffneten.

In dieser offenherzigen Stellung blieb die Frau aus Kalifornien liegen und ließ sich von Ben und Desmond gleichzeitig die Titten verwöhnen. Wie es schien, nutzte Lizzy völlig schamlos die sich bietende Gelegenheit aus.

Sue hatte sich derweil erneut zu ihr gebeugt und küsste Lizzy. Schließlich schob die Lehrerin auch noch eine Hand zwischen die weit geöffneten Schenkel der Amerikanerin. Und somit kam jetzt auch noch Lizzys Möse in den Genuss einer kleinen Massage.

Flynn, der Verführer, las unterdessen ungerührt immer weiter, längst war eine andere Stelle aus einer anderen erotischen Geschichte an der Reihe:

»… dein Daumen taucht tief in meine Möse ein, deine Finger liebkosen meine Perle und lassen die Säfte aus mir fließen, während ich langsam vergehe vor süßem Verlangen und unstillbarer Lust. Ich möchte dich so gerne bitten, mir deinen herrlichen Schwanz endlich zu zeigen, ihn mir dann in die Hand zu legen, aber ich kann es nicht, weil deine geschickte Zunge mir gerade den Mund versiegelt. Ich schmecke mich selbst, während ich von deiner Zunge meinen eigenen Liebessaft lecke …«

Flynn riss die Zuhörer mit seiner betörenden, sinnlichen Stimme immer tiefer hinein in einen wahren Strudel aus erotischen Wünschen, Gefühlen und Phantasien.

Claire hatte drüben auf ihrem Chaiselongue die Augen geschlossen, ihre Lippen umspielte ein sinnliches Lächeln, und man konnte fast denken, die schöne Schottin sei eingeschlafen. Aber bei näherem Hinsehen zeigte sich, dass Claires linke Hand in ihrem Schoß versunken war und dort kleine stoßende und dann wieder kreisende Bewegungen vollführte.

Tims zärtliche weiche Lippen wanderten unterdessen unaufhaltsam in Sarahs Nacken, in dem sich feuchte Haarlocken verräterisch kringelten. Seitlich am Hals pochte obendrein heftig die Schlagader und verriet ihr und ihm, wie es um Sarah stand. Sie konnte spüren, wie sich seine Erektion durch die Stoffschichten ihrer Kleidung hindurch von außen an ihrem Schenkel rieb, und das machte sie zusätzlich an. Da war auch wieder dieses Klopfen und Pochen zwischen ihren Schenkeln. Am liebsten hätte Sarah Tims erigierten Schwanz einfach ausgepackt und sich auf ihn gesetzt, allerdings wollte sie dazu doch lieber allein sein mit ihm.

Anscheinend hatte er gerade denselben Gedanken gehabt.

»Lass uns in die Küche verschwinden«, raunte er ihr zu, und sein heißer Atem kitzelte Sarahs zarte Haut am Hals. Sie kicherte zuerst unterdrückt, ehe sie antwortete: »Da muss ich sowieso hin, aber du darfst mich gerne begleiten, Tim Sander!«

Sie huschten rasch und unbemerkt aus dem Kaminzimmer, draußen auf dem Flur drängte Tim Sarah sofort ungestüm mit dem Rücken gegen die Wand und schob ein Knie zwischen ihre Schenkel. Ihr Körper wollte sich auch umgehend ergeben, aber Sarah wollte dennoch nicht, dass es hier draußen auf dem Flur passierte, obwohl zwischen ihren Beinen eine wahre Höllenhitze tobte. Sarah spürte, wie ihre Klitoris sich bereits aufrichtete und deutlich anschwoll und sich dabei innen am Slip rieb. Ihr war klar, es würde ihnen ohnehin nur ein rascher Quickie vergönnt sein, aber der würde auch genügen und ihre Muschi sich sofort zusammenziehen und explodieren, sobald Tims Schwanz in sie eindrang. Nur nicht hier, nicht auf dem kühlen Gang.

»Nicht hier, Tim, rüber in die Küche!«

Sie schafften es gerade noch bis zum Küchentisch in der Raummitte, dann aber gab es kein Halten mehr.

Die Kleider blieben, wo sie waren, für langes Aus- und Anziehen reichte die Zeit nun wirklich nicht.

Sarahs Slip segelte zu Boden und wurde rasch unter den Tisch gekickt. Dann holte sie seinen harten Schwanz aus den Jeans.

Ihre Hand legte sich um den steifen Schaft, sie spürte die weiche seidige Haut und konnte es kaum mehr erwarten, bis er endlich in sie eindrang. Vorher schob sie noch behutsam die Vorhaut über die schwellende Eichel zurück und streichelte die rötlich glänzende Kuppe voller Zärtlichkeit. Und sie wusste bereits von ihm, dass er darauf stand, dass es ihn wild machte. Und prompt quoll oben der erste dicke Lusttropfen hervor. Und gleich darauf ein zweiter, der jetzt rasch noch auf Sarahs Zungenspitze zergehen durfte, denn auch das mochte Tim sehr.

Mein Gott, wie leicht es doch war, sich an einen Kerl wie Tim Sander zu gewöhnen. Ach was, zu gewöhnen … süchtig zu werden nach ihm!, dachte Sarah.

Tims Hand widmete sich Sarahs feuchter Muschi, die sich unter seinen Liebkosungen weiter und weiter öffnete und rhythmisch zu zucken begann.

»Wie geil du bist, und wie nass!«, meinte er keuchend.

»Rate mal, warum?«, neckte sie ihn und verschloss ihm dann rasch wieder den Mund mit ihren heißen Lippen.

Er hob sie mit beiden Händen hoch und setzte sie kurzerhand vor sich auf den Küchentisch. Sie öffnete dabei die Schenkel weit und nahm seinen harten Körper dazwischen.

Tims Hüften schoben sich nach vorn, und wie von selbst drang sein pochender Schwanz in Sarah ein. Und immer tiefer hinein, bis er bis zum Anschlag in ihr steckte.

»Wie klatschnass du bist, das macht mich verrückt, ich könnte sofort abspritzen …« Tim stöhnte laut auf, wie zum Beweis.

»Das darfst du auch gleich«, erwiderte Sarah seufzend und warf den Kopf in den Nacken, während sie gleichzeitig das Becken anhob und die Hüften kreisen ließ.

Tim begann instinktiv, in sie zu stoßen, er verlor die Beherrschung, und sein Schwanz, der immer noch weiter anschwoll, begann einen wilden Ritt tief in Sarahs Muschi.

Sarah spürte dabei wieder, wie wund sie noch von der letzten Nacht her war, aber dennoch breitete sich die Lust in heißen Wellen in ihrem Unterleib aus und löschte die brennenden Schmerzgefühle einfach aus.

Eine nächste Welle der Lust brandete heran, verursachte einen Schweißausbruch am Hals und im Gesicht und brachte auf ihrem Wellenkamm die erlösende Explosion mit sich. Sarahs Möse verwandelte sich in einen pulsierenden Vulkan, heiße Lava floss heraus und überschwemmte Tims harten Schwanz, saugte und leckte an ihm, bis er sich mit einem lauten Stöhnen in sie ergoss.

Sie hielten sich keuchend umklammert, allmählich spürte Sarah die kühle Härte des Küchentisches wieder unter ihren nackten glühenden Pobacken. Sie fragte sich schuldbewusst, ob die Holzplatte wohl einen verräterischen feuchten Fleck zurückbehalten würde. Aber ehe sie sich weiter Sorgen um den Küchentisch machen konnte, wurde Sarahs Aufmerksamkeit auf ein deutliches Vibrieren in der Nähe ihrer linken Hüfte gelenkt.

Im nächsten Augenblick war ihr auch klar, was das Vibrieren bedeutete: Es war Tims Handy, das in seiner rechten Hosentasche steckte! Er musste es entgegen der strikten Hausregel, die Handys und Laptops nur auf dem eigenen Zimmer erlaubte, mit nach unten genommen haben, und zwar eingeschaltet.

»Du raffinierter Kerl, du hast es einfach leise gestellt.«

»Tut mir leid! Aber ich muss dringend mit meinem Büro in London in Verbindung bleiben, auch am Wochenende, das ist nun mal derzeit so in meinem Leben.«

»Nun geh schon ran, ich sollte mich ohnehin dringend um den Glühwein kümmern! Flynn wird sicher bald eine Pause machen.«

Sie richteten hastig ihre Kleider her.

Sarah sprang vom Tisch herunter, angelte sich den

völlig nassen Slip vom Küchenboden und stopfte das Ding dann kurzerhand in Tims andere Hosentasche. Anschließend stürzte Sarah hinüber zum Herd, wo ein großer Topf mit Glühwein darauf wartete, erhitzt zu werden.

Sie hörte, wie das Handy mehrmals leise hinter ihrem Rücken klickte. Tim musste wohl eine längere SMS bekommen haben, durch die er sich gerade scrollte.

Wie von weit her hörte Sarah endlich seine Stimme, die belegt klang, obwohl er sich gerade noch leise geräuspert hatte, um den Frosch im Hals loszuwerden.

»Ich muss sofort nach London zurückfahren. Tut mir leid, Sarah, aber anders geht es nicht. Ich melde mich!«

Im nächsten Moment klappte auch schon die Küchentür, und Tims Schritte hasteten die Treppe hoch, dann fiel im oberen Stockwerk eine Zimmertür laut ins Schloss. Er musste es tatsächlich verdammt eilig haben.

Sarah stand am Herd und schaute dem Glühwein beim Aufwärmen zu. Je heißer das fruchtig-süß riechende Gebräu wurde, desto mehr Alkoholschwaden stiegen aus dem Topf empor und direkt in Sarahs Nase. Sie hoffte inständig, es wäre genug Hochprozentiges in den Schwaden enthalten, um sie schnellstmöglich in einen tröstenden Rauschzustand zu versetzen und aus der schnöden Realität zu reißen.

Liebes Universum! Das hier ist nicht fair! Ich habe doch erst eine einzige Nacht mit ihm gehabt! So ein kleiner Küchen-Quickie wie gerade eben zählt doch im Grunde gar nicht, oder?, redete sie sich ein.

Wie bitte? Ich hätte die Regel gebrochen, weil ich bereits nach einer einzigen Nacht hoffnungslos verliebt bin?!

Ach, verdammt, ja, das ist wahr! Werde ich denn nie gescheiter?, fragte sie sich.

Die Küchentür wurde aufgerissen, und hereingestürmt kam ein sichtlich verärgerter Jason.

»Dieser Hurensohn sorgt mit seiner Stimme für eine dermaßen schwüle Stimmung dort draußen, das hält keiner aus, ich jedenfalls nicht! Dieses ganze verdammte Haus hier verwandelt sich momentan in einen einzigen verfickten Swingerclub. Warum tut er mir das bloß an, Sarah-Schätzchen?«

Sie starrte ihn sprachlos an.

Schließlich holte Sarah tief Luft. »Sag mal, Jason! Kann es vielleicht sein, dass du rasend eifersüchtig bist auf Flynns Talent als Vorleser? Auf seine Fähigkeit, das Publikum allein mit seiner Stimme zu verführen? Dabei machst du doch mit deinem Saxophon auch nichts anderes!«

Jason hielt ihrem fragenden Blick stand, aber schließlich kapitulierte er doch. Er wusste ganz genau, wie richtig Sarah mit ihrer Vermutung lag.

Er war eifersüchtig und rasend verliebt in diesen Hurensohn!

Jason gefiel dieses damit verbundene Gefühl des totalen Kontrollverlusts ganz und gar nicht. Deswegen hatte er es immer vorgezogen, sich gar nicht erst ernsthaft zu verlieben und kurz zuvor das Weite zu suchen. Dieses Mal hatte er offenbar mit dem Abhauen zu lange gewartet. Jetzt war es zu spät. Und Sarah wusste es, sie hatte ihn durchschaut.

Vielleicht sollte ich doch noch ernsthaft versuchen, sie

flachzulegen! Womöglich hilft das ihr und mir zur gleichen Zeit ..., überlegte er.

Irgendwo im Haus knallte eine Tür zu, es hörte sich verdächtig nach der Haustür an. Kurz darauf heulte draußen im Hof ein Motor auf, und Reifen knirschten auf dem Kies. Ein Paar gelber Scheinwerfer spiegelte sich im dunklen Glas der Küchenfenster, dann entfernte sich das Motorengeräusch.

Jason warf einen Blick in Sarahs Gesicht, und er sah den Schmerz in ihren feuchten Augen, und da wurde ihm klar, was soeben passiert sein musste.

»Sarah-Schätzchen, es tut mir ja schrecklich leid für dich, aber sag nicht, ich hätte dich nicht gewarnt! Wer nicht bis drei zählen kann, den bestraft das Leben.«

»Hau bloß ab, und komm mir nicht mehr unter die Augen!«

»Na, komm schon her, lass dich trösten! Ich hatte mich immerhin die Tage schon um Boris' Nachfolge beworben, aber du musstest ja unbedingt Tim ranlassen. Na schön, hiermit bewerbe ich mich nunmehr um dessen Posten. Du findest mich doch attraktiv, Sarah! Mein Knackarsch und mein fast perfektes Sixpack stehen dir zur freien Verfügung. Für den Anfang schlage ich einen kleinen Quickie hier auf dem Küchentisch vor. Anschließend helfe ich dir den Glühwein und das Gebäck unters Volk zu bringen, das sich gerade drüben im Kaminzimmer den Verstand aus den Köpfen vögelt. Später dann ...«

»Jason, ich will gar nicht von Tim geheilt werden!«

Sie war selbst verblüfft über diese spontane Ansage, auch Jason stutzte kurz, näherte sich Sarah dann aber trotzdem.

»Süße, ihr kennt euch doch kaum. So ein One-Night-Stand ist schnell vergessen. Komm in meine Arme! Du tröstest mich, und ich tröste dich.«

Sarah wich zurück in Richtung Herd, ihr Herz klopfte wild, aber es klopfte wegen Tim, und nicht wegen Jason, und das war das Problem. Mit Jason jetzt kurz schnellen Sex zu haben wäre ein Leichtes, würde aber das Problem nicht lösen. Mit Tim, das ging jetzt schon viel tiefer, als die Sache mit Boris es jemals gewesen war.

So, jetzt war das also auch geklärt! Tief drinnen wusste man eigentlich immer Bescheid, man musste sich allerdings die Mühe machen, einmal ganz tief in sich hineinzulauschen.

Der Glühwein begann plötzlich überzukochen und rettete Sarah aus der verfänglichen Situation mit Jason. Sie fuhr herum und riss den Topf fluchend von der Herdplatte.

»Siehst du, Süße, bei zu viel Hitzezufuhr geht der Dampf raus, beim Glühwein genauso wie in der Liebe. Gieß noch ein wenig kalten Wein nach, dann passt es wieder.«

»Jason, ich habe die Nase allmählich voll von deinen klugen Ratschlägen. Schieß in den Wind, okay?«

Vielleicht hätte er immer noch nicht aufgegeben, aber draußen auf dem Flur begann der Hausapparat aufdringlich laut zu klingeln.

Kurz darauf stürmte jemand aus dem Kaminzimmer, um das Gespräch anzunehmen. Es war Arthur, der Hausherr, der eigentlich gerade vorgehabt hatte, seine Gattin nach oben ins gemeinsame Schlafzimmer zu lotsen, um sie dort ein wenig mit der Peitsche zu verwöhnen. Lynn hatte sich nämlich mittlerweile von Ben, dem jungen Amerikaner, befummeln lassen. Arthur erregte dieser Anblick zwar, aber er wollte Lynn jetzt doch lieber für sich allein haben und nicht etwa mit Ben teilen. Allerdings hätte er Bens hübsche Lizzy durchaus gerne mit nach oben genommen. Er war sich nur nicht sicher, ob so eine Nummer zu dritt wiederum Lynn gefallen würde. Und Arthur wollte nichts tun gegen den Willen seiner Frau. Dazu liebte er sie viel zu sehr …

Arthur klang ein wenig ungeduldig, als er sich jetzt am Telefon meldete.

»Guten Abend, Pastor Cumberland! Welch Überraschung zu später Stunde! Ja … Nein, wir haben eigentlich gerade eine Lesung. Kein Problem, schießen Sie los, ich höre.«

Arthurs Stimme brach ab, anscheinend hatte der Pastor eine gute Geschichte auf Lager, die den Hausherrn für ein Weilchen fesselte.

15

Am nächsten Morgen wurde Sarah vom vibrierenden Summen ihres Handys geweckt, das auf dem Nachtschränkchen lag.

Tim! Bitte, bitte, liebes Universum, lass es Tim sein! Dann verzeihe ich ihm auch die verpfuschte Samstagnacht und alles andere auch und … Lass es einfach Tim sein, ja?, flehte sie.

Ihre Augen waren rot gerändert und verschwollen, Sarah hatte sich in einen unruhigen einsamen Schlaf geweint, während diverse Gäste des Hauses neckische frivole Spielchen auf einem der Zimmer (Lizzy und Bens Schlafraum!) gespielt hatten.

Nein, es war nicht Tim, sondern eine SMS von Mario.

Guten Morgen, mein Mäuschen! Hoffe, es geht Dir gut und Du bleibst noch ein Weilchen in London nach diesem Wochenende. In meinem Zimmer ist ein Bett frei, solange Du willst. Der neue Job im *Moro* ist toll, ich werde Dir ewig dankbar sein. Te quiero, mi corazón! Besito. Mario

Und prompt kamen Sarah schon wieder die Tränen. Der gute Mario, er war so ein süßer, aufrichtiger Kerl, der kleine Spanier. Warum bloß musste sie immer gerade auf die Machos, auf die James-Bond-Typen, die Womanizer dieser Welt hereinfallen? Könnte sie einen Mann wie Mario begehren und lieben, das Leben und die Liebe wären so viel einfacher!

Der Sonntag schleppte sich träge und verschlafen dahin. Die Gäste benahmen sich allesamt wie satte, faule Katzen, die bloß eins wollten: ein ungestörtes stundenlanges Schläfchen vor dem warmen Kamin. Zwischendurch ein Schälchen Kaffee oder Tee mit reichlich Milch, dazu süße Leckereien, zu Mittag ein saftiges Stück Braten mit kräftiger Sauce, hinterher ein leckeres Honigdessert. Dann wieder schlafen und faulenzen bis zum Abwinken.

Ein wenig *Vorlesen* zwischendurch gefällig? Na gut, genehmigt! Hauptsache, man konnte dabei weiter vor dem Kamin lümmeln und mit geschlossenen Augen vor sich hin träumen.

Flynn las geduldig ganze Kapitel aus *Lady Chatterley's Lover* vor, und zwischendurch spielte Jason zuckersüße Schmusesongs auf dem Saxophon.

Und so verging der letzte Tag, der Sonntag des Herbst-Vorlese-Events in *Duncan's House*.

Wenigstens war Sarah die ganze Zeit über in der Küche schwer damit beschäftigt, immer neue Leckerbissen für die hungrigen Gäste zuzubereiten.

Das Kochen, Backen, Servieren und hinterher Aufräumen hielt den dumpfen hämmernden Schmerz in der Herzgegend einigermaßen unter Kontrolle.

Montag früh war Abreisetermin. Sarah schwor sich, darauf zu bestehen, dass Flynn sie auf direktem Wege nach London-Heathrow brachte und dort absetzte. Irgendein Flieger nach Berlin würde schon noch einen freien Sitzplatz haben.

»Also, Sarah, wirklich, das halte ich für keine gute Idee! Erst flüchtest du aus Berlin, und jetzt willst du unbedingt so schnell wie möglich dorthin zurück? Was soll das bringen? Du kannst doch nicht jedes Mal einfach davonlaufen, wenn eine Männergeschichte den Bach runtergeht. Meine Güte, da wäre ich ja in meinem Leben schon verdammt viel herumgekommen auf der Welt …«

Flynn lehnte am Küchentisch und brach entsetzt ab, als er Tränen über Sarahs Wangen laufen sah.

»Er hatte noch gesagt, er würde sich melden. Und jetzt haben wir bereits den Abend des Tages danach, und immer noch kein einziges Wort von Tim. Ich bin ihm nicht mal eine klitzekleine SMS wert. Ich meine, so viel Zeit müsste doch sein, oder?«

»Hör zu, Süße, er wird Gründe haben für sein Schweigen. Es muss etwas Ungewöhnliches passiert sein, sonst würde Tim sich nicht so verhalten. Ich kenne ihn zwar noch nicht sehr lange, aber eins weiß ich dennoch mit Sicherheit. Dieser Mann ist kein Mistkerl, kein Lügner und erst recht kein Betrüger.«

Sarah nahm eine Packung mit Milch aus dem Kühlschrank und drehte Flynn kurz den Rücken zu.

»Gestern am späteren Nachmittag kam hier so eine rasende Motorradbraut vorbei. Sie war auf der Suche nach Tim. Blonde lange Haare, sehr groß, sehr schlank und sehr hübsch! Sie hat ihn angefaucht und ist dann wieder verschwunden, blitzartig, genau so, wie sie aufgetaucht ist. Ihr müsst ihr doch noch begegnet sein, oben auf der Straße. Denn kurz danach seid ihr aus derselben Richtung gekommen. Hat Tim eine Freundin? Oder eine eifersüchtige Ex? Bitte sag es mir, und wenn es so ist, dann lüg mich nicht an, ich brauche keine Schonung, ganz im Gegenteil. Wenn du mich beschwindelst, mein Lieber, dann sind wir die längste Zeit Freunde gewesen! In dem Fall nehme ich mir auch die Freiheit heraus, das Soforthilfe-Rezept gegen Liebeskummer deines Lovers mit Jason höchstpersönlich zu testen, ehe ich noch an gebrochenem Herzen sterbe ... O ja, Flynn, du brauchst gar nicht so entsetzt zu gucken! Wenn du mir nicht glaubst, dann googel es doch im Internet. Es ist mittlerweile sogar wissenschaftlich erwiesen, an gebrochenem Herzen kann man sterben. Also, wer war diese rasende Motorradbraut?«

Flynn brach tatsächlich der Angstschweiß aus. Wenn es um Jason ging, dann war er einfach zu verwundbar. Sogar sein gesunder Menschenverstand setzte dann leicht mal für eine Weile aus. Allein der bloße Gedanke an Jason und Sarah zusammen in einem Bett, splitternackt und schwitzend vor Begierde und Lust, versetzte Flynn in Panik. Er wurde dummerweise erpressbar in diesen heiklen Momenten, und Sarah wusste das instinktiv. Sie litt immerhin unter denselben akuten Symptomen.

»Sarah, ich habe die Frau auf dem Motorrad gesehen,

ja, das stimmt! Aber Himmel noch mal, wie sollte ich sie erkennen, mit Helm samt Visier auf dem Kopf und in der Ledermontur? Außerdem weiß ich, dass Tim zumindest die letzte Zeit über Single war. Seit ich etwas mehr Kontakt mit ihm hatte, jedenfalls. Wir haben beruflich miteinander zu tun, Sarah, und es gab bisher nicht allzu viel privaten Austausch zwischen uns, und ...«

»Mit wem war Tim zuletzt liiert, weißt du das wenigstens?«

»Warte mal, sie hieß ... Isabelle.«

»Ist sie ... ist Isabelle blond? Langhaarig?«

»Ja, schon. Ich habe sie nur einmal kurz gesehen, als sie Tim in seinem Büro abholte, wo ich mit ihm eine abendliche Besprechung hatte. Allerdings habe ich sie nicht als überschlanken Typ in Erinnerung. Isabelle hatte damals zumindest ausgeprägte weibliche Kurven. Die wären dir auch in der Ledermontur aufgefallen, ganz sicher. So, jetzt weißt du, was ich auch weiß.«

»Das Lederweib war also eher nicht diese Isabelle«, vermutete Sarah.

»Ziemlich unwahrscheinlich, würde ich sagen! Außerdem käme Isabelle wohl nicht auf die Idee, Tim hinterherzurennen oder -zufahren. Und auf einem Motorrad schon überhaupt nicht. Isabelle ist eine echte Lady, außerdem fährt sie einen silberfarbenen Porsche. Angeblich ist sie mittlerweile auch mit einem entfernten Verwandten der Queen intim liiert. Ja, jetzt fällt es mir wieder ein, das hat Tim neulich mal lachend erwähnt. Ihn amüsierte das offensichtlich. Ansonsten sind Isabelle und er immer noch gute Freunde, aber sonst nichts. Zufrieden? Beruhigt dich das?«

»Nicht unbedingt! Also, bringst du mich nun morgen früh direkt zum Flughafen, Flynn?«

»Nein, Süße, definitiv nicht. Wir drei, Jason, du und ich, haben nämlich morgen noch einen Job in London zu erledigen. Direkt im Anschluss an dieses Wochenende, der Einsatz gehört quasi noch mit zum Event, für das wir dich für gutes Geld extra angeheuert haben. Die Teilnahme bist du mir als deinem Auftraggeber schuldig. Wir müssen die Werbetrommel kräftig rühren, damit wir auch in Zukunft für unsere gemeinsamen Events gebucht werden. Das dürfte doch auch in deinem Interesse sein, oder etwa nicht? Wer hat mir denn seit Monaten in den Ohren gelegen, sich als Köchin selbständig machen zu wollen?«

»Und wieso kannst du mir dann nicht sofort verraten, worum es bei dem sogenannten Einsatz genau geht?«

»Damit du vorher nicht unnötig nervös wirst, deshalb verrate ich vorerst noch nichts. Glaub mir, es ist nur zu deinem Besten. Und außerdem wirst du mir noch aus einem anderen Grund für mein Schweigen dankbar sein.«

»Anscheinend habe ich also keine Wahl! Nun gut, nur noch eine letzte Frage: Bringst du mich wenigstens *danach* auf kürzestem Wege nach Heathrow?«

»Sicher, wenn du es dann noch willst, meine Süße!«

»Warum sollte ich es dann nicht mehr wollen, Flynn?«

»Sarah, du hattest eine letzte Frage angekündigt, nicht zwei! Hiermit ist das Interview beendet, denn ich muss mich wieder um mein Publikum kümmern. Wir freuen uns alle schon auf das letzte köstliche Dinner heute Abend, du bist die weltbeste Köchin. Man sollte dir zumindest einen *Oscar* verleihen für dein Thaicurry mit Huhn!«

Der Abschied am Montagmorgen von *Duncan's House*, seinen Besitzern und den abreisenden Gästen verlief herzlich, ging aber ziemlich schnell vonstatten. Jeder war froh, endlich mit dem lästigen Packen fertig zu sein, und wollte nur noch schnell ins Auto springen und losfahren.

Arthur und Lynn standen in der Einfahrt und winkten den abfahrenden Gästen noch ein Weilchen hinterher. Dann drehten sie sich um und gingen schnell ins Haus zurück. Sämtliche Zimmer mussten auf Vordermann gebracht werden, am kommenden Wochenende stand ein Yoga-Seminar auf dem Plan. Und jeden Moment mussten Bill und Betty eintreffen. Zum Großreinemachen die eine, und der andere für diverse Kleinreparaturen im Gebäude.

»Das war mal ein besonders interessantes Wochenende, Schatz, stimmt's?«, stellte Arthur fest und gab Lynn einen neckischen Klaps auf den Po. Sie zuckte leicht zusammen, denn ihre Pobacken waren noch gerötet von den Peitschenhieben und etwas empfindlicher als sonst. Dann aber kicherte Lynn ungehemmt los und schenkte ihrem Mann einen betörenden Augenaufschlag.

»Stimmt, mein Liebster! Und wir beide haben vor allem etwas dazugelernt, nicht wahr?«

Arthur nickte, er sah glücklich aus. »Bist du denn auch bereit für weitere Lektionen und neue Spielchen?«

»Hast du denn noch mehr Überraschungen auf Lager?«

»Na ja, ich könnte ja bei Gelegenheit noch mal einkaufen fahren. Heutzutage gibt es jede Menge moderner Sexspielzeuge.«

»Ach! Aber kann man solche Sachen denn nicht besser im Internet bestellen? Wir nehmen den Laptop heute Nacht mit ins Bett und surfen ein bisschen in der Richtung. Und dann suchen wir uns gemeinsam etwas Schönes aus, ja?«

Arthur beugte sich nach vorn und küsste Lynn lange und leidenschaftlich. Das Abendprogramm für diesen Montag stand damit fest.

Flynn lenkte den Rover lässig mit einer Hand, mit der anderen fummelte er an den Knöpfen des Autoradios herum. Jason auf dem Beifahrersitz starrte derweil gelangweilt aus dem Seitenfenster auf die vorbeihuschende südenglische Landschaft.

Sarah kauerte wieder hinten auf dem Rücksitz und hätte am liebsten losgeheult. Im Grunde war ihr noch viel elender zumute als auf der Hinfahrt!

Kaum zu glauben, dass der Kummer wegen Boris auf der nach oben hin offenen Richterskala für Liebeskummer nur ungefähr im mittleren Bereich gelegen hatte.

Schlimmer geht immer … An jedem dummen Spruch war ein Körnchen Wahrheit, leider auch an diesem.

Flynn hatte jetzt endlich den Sender gefunden, nach dem er gesucht hatte. Eine warme, sympathisch klingende Männerstimme drang nun aus dem Radio.

Der blitzartige Schock des Erkennens ließ Sarah heftig zusammenzucken.

Das war Tims Stimme! Im Radio! Oder hatte sie sich etwa verhört?

Flynn räusperte sich vielsagend, und Sarah sah ruckartig hoch, ihre Blicke trafen sich im Rückspiegel.

»Schätzchen, er heißt nicht Tim Sander, sondern Timothy von Gilmar, alle nennen ihn aber privat nur Tim. Und er hatte einen deutschen Vater, daher der Familienname. Er ist Radiomoderator bei der BBC. Moderator und Journalist. Sobald wir in London sind, fahren wir gleich weiter ins Studio. Tim erwartet uns nämlich dort zum Interview. Ein lockeres Plauderstündchen mit viel Musik zwischendurch, keine große Sache. Cool bleiben, Süße, ja? Ich plaudere über meine Vorleserei, Jason über seine Musik und du … Also, von dir möchte Tim etwas über dein gigantisches Thaicurry mit Huhn hören. Und das wäre es dann auch schon.«

»Ich bringe dich um, Flynn, das schwöre ich!«

»Sarah, nun mach mal halblang, bitte! Wie ich dir gestern schon erklärt habe … Diese einstündige Radioreportage heute ist immens wichtig für uns alle drei, sozusagen ein kostenloser und obendrein langer Werbespot. Im Grunde ist so etwas unbezahlbar, eine mächtige PR-Werbetrommel wird da gerührt! Ich hoffe, es hören genügend Leute zu, und einige davon kommen auch auf die Idee, dass so ein Vorlese-Koch-Event sich vielleicht in ihrem Haus oder Hotel wunderbar zur Unterhaltung und Bewirtung von Gästen machen könnte.«

Jason mischte sich ein. »Und Sarah, du musst wissen, dass Flynn Tim regelrecht geködert hat! Er hat ihm in letzter Zeit immer wieder von den Events in *Duncan's House* vorgeschwärmt, von deinen Kochkünsten, von der tollen Atmosphäre, wenn es mal wieder spukt, hahaha …«

Flynn unterbrach Jason mit einer Handbewegung und fuhr fort: »… dabei wissen wir drei natürlich, dass es keine Gespenster gibt und in *Duncan's House* einfach zu viel Zugluft herrscht. Kein Wunder bei dem alten Gemäuer. Aber wir Engländer lieben nun mal Spukgeschichten, und Hausgeister ziehen obendrein Touristen magisch an. Tim jedenfalls hat irgendwann auch angebissen und gemeint, er würde gerne einem der Vorlese-Events beiwohnen. Inkognito natürlich und als zahlender Gast, damit alles ganz normal und wie immer ablaufen würde und die Besitzer von *Duncan's House* ihn nicht etwa wie einen besonderen Gast behandelten. Und wenn es ihm gefallen würde und er genügend Ideen für eine Sendung sammeln könne, dann würde er uns einladen und interviewen, eine ganze Stunde lang. Lange Rede, kurzer Sinn: Seit Samstagmittag hatte ich Tims Zusage und Einladung an uns drei in der Tasche!«

»Jetzt bringe ich dich erst recht um, Flynn!«, drohte Sarah ihm an.

»Das sagtest du bereits! Aber ich habe dir noch etwas anderes zu sagen, was Tim mir heute Morgen vor dem Frühstück am Handy erzählt hat. Sein Anruf hat Jason und mich unsanft aus einem innigen ersten Beischlaf gerissen …«

»Und warum spannst du mich so dermaßen auf die Folter?«

Flynn lachte, schaute ihr im Rückspiegel tief in die

Augen, dann wieder auf die Straße. »Die Motorradbraut heißt Ines mit Vornamen. Und mit Nachnamen von Gilmar. Ines ist gleich mehrere Dinge gleichzeitig … Ein magersüchtiges Model, das auf dem Laufsteg unter dem Namen Ines Vanderbilt läuft. Vor allem aber ist sie Tims kleine Halbschwester! Ines hat am Samstagnachmittag auf dem Rückweg nach London einen Unfall gebaut. Sie hatte die Kontrolle über die schwere Maschine verloren. Kein Wunder, so ausgemergelt, wie ihr dünner Körper ist. Zum Glück ist ihr außer ein paar Hautabschürfungen nichts weiter passiert. Sie wird allerdings weiterhin in der Klinik bleiben müssen, wegen ihres fast schon bedrohlichen Untergewichts. Eine Freundin von Ines hatte Tim benachrichtigt, am Samstagabend per SMS. Er war natürlich wegen des Unfalls völlig geschockt, daher sein überstürzter Aufbruch.«

»Halbschwester? Irgendwie wirkte sie so, als sei sie mächtig heiß auf Tim! Wie eine hochgradig verliebte und eifersüchtige Frau eben!«

Flynn lächelte, dann nickte er langsam.

»Dein Gefühl hat dich nicht mal getäuscht, Sarah. Tim erzählte mir kurz, dass Ines mit einer wahren Affenliebe an ihm hängt. Von klein auf war das schon so. Sie ist überdies ziemlich besitzergreifend und neigt auch zur Eifersucht und kann es kaum ertragen, wenn Tim sich in eine Frau verliebt und dann weniger Zeit für Ines hat. Die Kleine hat wohl einige psychische Problemchen, daher auch die Magersucht. Aber jetzt wird sie von kompetenten Fachärzten behandelt. Tim ist zuversichtlich, dass diese Leute Ines helfen werden. Zum Schluss unseres Telefonats erwähnte er dann auch noch, dass er sich wahnsinnig darauf freut, dich wiederzusehen. Und er hofft, dass du ihm wegen seines überstürzten Aufbruchs nicht böse bist. Den Rest will er dir selber sagen. Und mehr weiß ich nun wirklich nicht über die ganze Geschichte.«

Flynn hielt inne und gab dann unvermittelt Gas, so dass der Motor kurz und vielsagend aufheulte.

»Woher kommt nur dieses merkwürdige Gefühl tief in mir, das mir sagt, du verschweigst mir doch noch etwas, Flynn? Rück schon raus damit, oder ich nehme mir in London vor dem BBC-Gebäude ein Taxi zum Flughafen. Ich mache das, es ist keine leere Drohung, mein Freund, ich …«

»Ich wollte mich nur kurz sammeln, Süße, verdammt noch mal! Es ist so viel passiert, da purzelt schon mal in meinem Kopf alles durcheinander und will erst in die richtige Reihenfolge sortiert werden. Außerdem muss ich ja auch noch fahren.«

»Flynn!«

»Okay, also hör zu. Ich habe Tim anschließend an seine Ines-Geschichte dann deine Jason-Geschichte erzählt. Immerhin konnten so sämtliche Missverständnisse zwischen euch beiden Turteltäubchen gleich in einem Aufwasch erledigt werden!«

»*Meine* Jason-Geschichte? Bist du jetzt vollkommen abgedreht, Flynn?«

Flynn lachte, ehe er antwortete. »Das war doch nur meine Kurzfassung, um zum Punkt zu kommen. Ich habe Tim von Jasons persönlichem Soforthilfe-Rezept gegen Liebeskummer berichtet. Und dass mein Süßer hier dich, liebste Sarah, so lange zugetextet hat, bis du nicht mehr wusstest, wie dein Vorname lautet, und du Jason letztendlich jedes Wort geglaubt hast. Immerhin warst du bei deiner Ankunft in einem beklagenswerten emotionalen Zustand. Jason wollte dir nur helfen und ist, zugegeben, ein wenig übers Ziel hinausgeschossen. Andererseits hat er zumindest indirekt einiges dazu beigetragen, dass Tim und du … Also, dass ihr euch so rasch nähergekommen seid. Du warst nämlich zugänglicher und offener für einen neuen heißen Flirt, weil du beschlossen hattest, Jasons Idee eine Chance zu geben …«

»Du lieber Himmel, Flynn! Das alles hätte ich Tim doch selber sagen müssen!«

»Vielleicht! Aber da Jason und ich uns nicht sicher sein konnten, ob du das wirklich tun würdest, haben wir eben beschlossen, dass ich es Tim erzähle. Okay? Kannst du mit dieser Lösung weiterleben?«

»Haha, Flynn! Da bleibt mir wohl nichts anderes übrig!«

Jetzt mischte sich Jason, der die ganze Zeit über nur schweigend aus dem Seitenfenster geschaut hatte, doch noch ein. »Sarah, es war das Beste, was wir für Tim und dich tun konnten, nämlich den Mund aufmachen! Davon sind Flynn und ich felsenfest überzeugt. Und Tim hat ja auch nach einer kleinen Schrecksekunde heute Morgen am Handy erleichtert losgelacht. So, als wäre ihm plötzlich irgendein Licht aufgegangen. Alles wird gut werden, du wirst sehen, Sarah-Schätzchen!«

»Aber wie kommt es nur, Jason, dass ich bei solchen Worten ausgerechnet aus deinem Munde immer noch so meine Zweifel hege?«

Der Rest der Autofahrt verlief schweigend. Nur das Radio lief munter weiter. Die Stimme des Moderators brachte Sarahs Magen in Aufruhr und ihr Herz zum Schwingen. Bei der Ankunft in London waren ihre Hände eiskalt und feucht.

Die Radiosendung, die verschiedenen Interviews, die Musik in den jeweiligen Gesprächspausen, das alles lief an Sarah vorbei wie in einem Film. Sie saß die ganze Zeit über quasi im Zuschauerraum herum, der große Rest passierte getrennt von ihr, auf der Leinwand. Und dabei spielte sie mit …

Kaum lief der Abspann, da nahm Tim Sarahs Hand, warf Jason und seiner Sekretärin Elvira ein entschuldigendes Lächeln zu und rannte mit Sarah aus dem Studio.

Auf dem langen kahlen Flur stand die Tür zum Lift einladend offen. Und Tim schob Sarah in den Aufzug und drückte einen Knopf. Langsam schlossen sich die Türen. Zuckelnd setzte sich der etwas altersschwache Lift in Bewegung.

Wieso fahren wir nach oben? Was will er denn im höchsten Stockwerk? Mir London von oben zeigen?, wunderte sich Sarah.

In dem Moment drückte Tim Sarah mit seinem ganzen Körper stürmisch an die Kabinenwand und küsste sie.

Ihr Körper reagierte sofort. Er wollte Tim. Sie war verrückt nach ihm. Gut, verliebt war sie wohl auch, aber vor allem verrückt!

Sie riss gerade den Reißverschluss seiner Hose auf,

da blieb der verdammte Lift mit einem deutlichen Ruck stehen. Sie waren im achten Stock angekommen.

Und Tim reagierte geistesgegenwärtig. Ehe die Lifttüren langsam aufgleiten konnten, drückte er auf die Stopp-Taste. Die leuchtete nun hellrot auf, und sie tat, was sie sollte. Der Aufzug stand, bei geschlossenen Türen.

Und prompt ging jetzt auch noch die Deckenbeleuchtung aus. Das Licht gehörte wahrscheinlich zum Service der altgedienten Stopp-Taste. Wenn schon Stopp, dann richtig, und alles ging aus.

Es war stockfinster und stickig-warm in der Kabine, aber das machte nichts. Die Dunkelheit heizte die Sinne noch mehr an, sämtliche Geruchs- und Geschmacksnerven und vor allem der Tastsinn funkten Alarm.

Sarah roch, schmeckte und spürte Tim mit jeder einzelnen Faser ihres Körpers. Und ihre Haut begann zu glühen.

Sie glitten – eng aneinandergepresst – an der Wand der Aufzugs abwärts auf den Boden der Kabine.

Sarah spürte Tims Hände unter ihrem Kleid. Sie schoben den Rock nach oben, weit über ihre Hüften hinauf. Darunter trug sie heute zarte Nylons, in Stay-up-Version. Zwischen dem Strumpfband und dem dünnen Slip fanden Tims Finger viel samtig nackte Haut. Er stöhnte erfreut auf und schob Sarahs Slip beiseite. Dann besann er sich anders und streifte ihn ihr herunter. Dabei fuhren seine Hände an ihren seidenbestrumpften Beinen zuerst hinunter und dann wieder hinauf. Dabei gab es leise knisternde Geräusche, die ihnen beiden eine Gänsehaut bescherten.

Tims Finger fanden Sarahs nasse bereite Möse und versenkten sich tief darin. Lautlos kam sie da bereits zum ersten Mal, auf seinen Fingern. Und in der stickigen dunklen Kabine begann es, stark nach Sex zu riechen.

Dann lag Tim trotz der Enge hier drinnen halb auf ihr, und Sarah verspürte nur noch reines Verlangen und eine unbändige Lust nach ihm und seinem Schwanz.

Tims Kopf tauchte plötzlich zwischen ihre Beine ab, sie spürte ein Paar harter Lippen und dann eine Zungenspitze. Ein Lecken und Saugen setzte ein, das sie aufkeuchen ließ. Und Tim stöhnte und knurrte, während er Sarah mit dem Mund liebkoste.

Sie konnte ein heftiges Zucken in den Oberschenkeln spüren, das explosionsartig ihren ganzen Körper erfasste und ihn zum Beben brachte.

Tims Kopf kam langsam wieder nach oben, seine Zunge wanderte mit und leckte lüstern über Sarahs Bauch. Dann wanderte seine Zungenspitze wieder nach unten, strich in der Muschi auf und ab, umkreiste einige Male die Klitoris und brachte diese so zum Pulsieren. Schließlich fand Tims Zunge den Eingang zum Paradies der Lust.

Sie glitt ein Stückchen weit hinein und züngelte dort drinnen herum, dann zog sich die Zunge zurück und widmete sich erneut dem dick angeschwollenen Kitzler und fuhr dazwischen immer wieder in der feuchten Ritze auf und ab …

Heftige Lustgefühle jagten durch Sarah, sie griff nach Tims Kopf und krallte sich mit beiden Händen in seinen dichten Haaren fest. Sie zog ihn schließlich eng an sich, umklammerte dann mit beiden Händen seine strammen

Pobacken. Sie wollte ihn endlich in die richtige Stellung dirigieren, sie konnte nicht mehr länger warten, sonst wurde sie noch verrückt.

»Komm! Na, los, besorg es mir!«

Endlich schob er ihr seinen steifen großen Schwanz tief und tiefer hinein. Sarah spürte, wie sich ihr Inneres dehnte und ihn aufnahm, erste Kontraktionen zuckten durch Muschi und Becken.

Tims Stöße waren kurz und hart, wegen der räumlichen Enge in der Kabine. Aber genau dieser Rhythmus war ungeheuer erregend und lustvoll.

Wellen aus purer Lust schlugen über Tim und Sarah zusammen, nahmen ihnen die Luft zum Atmen und ließen sie keuchen und stöhnen.

Sarah vergaß vollends, wo sie hier waren. Ihr Becken begann unbewusst zu kreisen und passte sich dem Rhythmus von Tims Stößen an. Sie kamen immer mehr in Fahrt, der Aufzug wackelte bereits unter den harten Stößen, doch sie bemerkten es beide nicht.

Sie kamen heftig und kurz hintereinander, für einige Sekunden vergaßen sie alles um sich herum, waren wie aus der Zeit gefallen.

Kurz darauf hämmerte jemand von außen an die Lifttür.

»Was ist los? Ist da jemand? Ist der Lift stecken geblieben? Hier ist der Hausmeister.«

Wieder reagierte Tim sofort und geistesgegenwärtig.

»Ja, die Türen wollten nicht aufgehen. Aber ich glaube, es geht jetzt weiter!« Tim drückte wieder auf die Stopp-Taste, woraufhin das hellrote Licht erlosch. Die Deckenbeleuchtung ging flackernd an, während

Tim noch gleichzeitig den Knopf mit der großen Null drückte, der Lift setzte sich in Bewegung und ruckelte abwärts Richtung Erdgeschoss und Ausgang.

»Entführung geglückt!«, flüsterte Tim vergnügt an Sarahs Ohr. »Ich muss dir jetzt gleich anschließend unbedingt meine Wohnung zeigen und mein großes Bett. Dir wird alles so gut gefallen, dass du gar nicht mehr nach Berlin zurückwillst, darauf wette ich. Und eine tolle Küche habe ich im Übrigen auch noch.«

»Du willst doch bloß eine billige eigene Köchin im Haus haben. Jetzt verstehe ich, mein Lieber!«

»Klar, und am liebsten einen privaten Vorleser mitsamt passender Musikuntermalung noch dazu. Und wenn möglich, auch noch ein eigenes Hausgespenst, bitte schön.«

»Träum schön weiter, Tim! Was machst du denn da … schon … wieder …?«

16

Von: Flynn
An: Sarah
Betreff: Neuigkeiten!

Hi, Sarah,
sag mal, kommt Ihr beiden Turteltauben überhaupt nicht mehr aus dem Bett? Oder seid Ihr vielleicht schon auf Hochzeitsreise, ohne die alten Freunde über den neuesten Stand eurer Beziehung zu unterrichten? Wieso meldet Ihr Euch nicht mal bei Jason und mir? Wir könnten uns wenigstens auf ein Bierchen im Pub treffen.
Ja, ja, ich weiß, es gibt Handys in Eurem Haushalt. Aber siehst Du, Jason meinte, wir sollten Dich und Tim zumindest in der ersten Zeit in Ruhe lassen, Ihr müsstet Euch erst ungestört zusammenraufen. Jetzt, wo Du bei Tim eingezogen bist und die Wohnung in Berlin aufgegeben hast … Du bist ein Mädchen von schnellen Entschlüssen, Sarah, und das gefällt mir! Ich sage ja auch immer: Ein bisschen verliebt sein, das geht nicht! Entweder ganz oder gar nicht. Und dann kann man ja auch gleich zusammenziehen.

Und deswegen zieht Jason nächsten Monat auch ganz bei mir ein und gibt seine Bude in Fulham endlich auf.

So, das war die erste Neuigkeit.

Und hier kommt die zweite: Arthur hat einige Tage nach unserem Wochenende in Duncan's House *angerufen und folgende spannende Geschichte erzählt:*

Um die Zeit unseres Erotik-Events herum wurde außerhalb des Kirchhofs drüben in Lewes ein Skelett gefunden, dessen Alter von den Archäologen auf circa 200 Jahre geschätzt wird. Es gab sofort diverse weitere Nachforschungen in den alten Kirchenarchiven, außerdem Labor- und sonstige Untersuchungen an den Knochen.

Und um die Sache kurz zu machen: Bei den Gebeinen handelt es sich mit an Sicherheit grenzender Wahrscheinlichkeit um die sterblichen Überreste eines gewissen Duncan Whitehead.

Sarah, Du erinnerst Dich doch sicher an die nachmittägliche Lesung von Claire während der Teestunde. Sie las aus diesen Tagebuchaufzeichnungen vor, die unsere schöne schottische Autorin kurz vorher im Kamin ihres Zimmers gefunden hatte … Ja, es ist derselbe Duncan Whitehead, ehemaliger Besitzer von Lynns und Arthurs Landhaus!

Ich bin auch schon ein Weilchen in regem E-Mail-Austausch mit Claire wegen dieser spannenden Geschichte. Sie hat mir ihre Bearbeitung der Tagebuchauszüge zukommen lassen. Da sie die Geschichte nicht selbst weiterverwenden möchte, überlässt sie das Thema gerne mir.

In Kürze werden Jason und ich nochmals nach Duncan's House *fahren – Arthur und Lynn lassen Euch beide übrigens herzlich grüßen!! Tja, also, ich werde höchstpersönlich ein weiteres Mal direkt vor Ort recherchieren, Keller und Dachboden und wohl auch den Garten von* Duncan's House *gründlich inspizieren. Vielleicht finden sich ja noch weitere handschriftliche Aufzeichnungen von Duncan.*
So oder so werde ich ein Buch schreiben über die Story, einen historischen Roman, basierend auf einer wahren Geschichte. Duncans und Marys Liebesbeziehung, ihr Fluchtversuch nach Frankreich in einem Boot, das wohl bei Nacht und Sturm gekentert sein muss. Das Kirchenarchiv besagt – so hat es mir Arthur jedenfalls am Telefon berichtet –, dass im fraglichen Jahr an der Küste nahe Brighton die Überreste eines männlichen Leichnams angespült wurden. Man nahm damals sofort an, dass es sich bei dem Toten um den seit einiger Zeit spurlos verschwundenen Duncan Whitehead handelte.
Da man weiterhin annahm, der Bedauernswerte habe Selbstmord begangen, nachdem er seine ebenfalls verschwundene Nachbarin Mary ermordete – dies wurde von Marys erzürntem Ehemann felsenfest behauptet –, verscharrte man unseren armen Duncan wie einen räudigen Hund außerhalb geweihter Kirchhoferde und ohne jegliches priesterliches Zeremoniell. Man fühlte sich im Recht, der vermeintliche Mörder und Selbstmörder hatte nach damals herrschender Auffassung eine Bestattung in geweihter Erde nicht verdient. Seine Seele sei ohnehin längst zur Hölle gefahren … Der Fall

wurde noch in den Archiven protokolliert und die Akte anschließend geschlossen.
Es wird mir ein wahres Vergnügen sein, liebe Sarah, mit meinem Buch die Sache richtigzustellen und Duncan Whitehead zu verteidigen. Er hat Mary ganz sicher nicht umgebracht, davon bin ich überzeugt.
Was für eine Story! Da lacht doch das Herz eines jeden Autors, und meines hüpft geradezu, ich brenne regelrecht vor Begeisterung und Arbeitseifer!
Und jetzt die dritte Neuigkeit: Duncans sterbliche Überreste werden nächste Woche im Rahmen einer kleinen Zeremonie im Kirchhof von Lewes zur letzten Ruhe gebettet! Arthur hat das mit dem zuständigen Pastor namens Cumberland bereits vollständig geregelt. Er und Lynn kommen auch für die Kosten auf. Eine noble Geste, wie ich finde.
Wir werden so gut wie vollzählig an der Beisetzung teilnehmen. Claire reist extra aus Schottland an …
Und was ist mit Euch beiden? Jason und ich hoffen auf Euer Erscheinen und haben Lynn bereits fest versprochen, Euch zu der Feier mitzubringen!
Ich gehe außerdem davon aus, dass Tim mein Buch über die Geschichte von Duncan und Mary gerne in einer eigenen Radiosendung einem breiteren Publikum vorstellen möchte.
Ist doch ein toller und obendrein spannender Stoff.
Also meldet Euch so bald wie möglich bei mir. Meine Handynummer ist immer noch dieselbe.
Alles Weitere können wir dann hoffentlich direkt bei einem Bierchen besprechen.

Und jetzt reißt Euch schon voneinander los, Ihr Süßen, zu viel Sex soll auf Dauer auch nicht nur gesund sein … (kleiner Scherz am Rande!)
Bis hoffentlich bald
Flynn